夢想起飛

歐銀釧◎主編

祝福的訊息

（編序）◎歐銀釧

第一次主編一本獻給青少年的書。

繞著圖書館，繞著書架，翻開筆記，想了又想。想起許多朋友，想起許多文章，想起自己的青春時光。於是，匯集了祝福和期許，編輯這本書，送給有如晨曦的青少年讀者。

文學傳遞著文化的火把。這世界，在不同的地區，各有不同的生活文化。不過，無論居處在哪裡，無論面對什麼樣的環境，其實，人生歷程都有著一些相同的道理。

我試著在台灣的作家之外，加入亞洲各地，包括：馬來西亞、新加坡、泰國、汶萊、香港、南京等地的作者。他們每一位都很特別，各自在生命的旅程中，帶著自己的地圖，展開獨特的發現，他們以文字記述了寶貴的經驗。

成長是一個祕密的旅程。

有時候，面對奇思異想的青少年時期，我們總是覺得不被了解，覺得分外孤單。這時候，閱讀，是一個最好的朋友，閱讀好書，陽光照進心房裡。

作家廖玉蕙書寫自己的閱讀啟蒙，感謝有文學一路陪伴，苦悶抑鬱的心靈，才得到紓解。曾在台灣讀書，現在居住在香港的邱立本也說：「閱讀是一場永不停止的流動盛宴，會不斷地帶來驚喜。」

從台灣移居南京的管家琪，在青春時期閱讀《安妮．法蘭克的日記》，學到「紙比人更有耐性」，進而開始寫日記，傾吐自己的心情，做自己最好的朋友。現在，她已是著名的兒童文學的作家。

在人生的路途中，家人、師長、朋友乃至閱讀、寫作，都是我們最親近的。成長中，我們勾勒著夢想，揣想著世界的模樣，未來的時光。我們手上擁有的，正是自己繪製未來的藍圖，那些經過的時光，因為每個人的獨特性而有著不同。時光雕塑我們，我們也雕塑了時光。

台灣作家顏崑陽的作品〈這就是福〉，談起年邁的父親過著另一種優游自在的生活；汶萊作家丘啟楓的文章〈平凡中的不平凡〉，書寫沒有學歷的母親，樂觀進取；曼谷出生，移居馬來西亞的何乃健則在〈那簇燭火〉中，向踏實過生活的人們致敬。

新加坡作家陳瑞獻的〈野竹上青霄〉，記述了華僑中學幾位師長的教誨。陳瑞獻曾是一般人不看好的「臭魚」學生，但是，他在師長的寬容和大愛之中，成為藝術家、畫家、雕塑家、作家，成為新加坡的國寶。

只要不放棄，就有希望。台灣名廚鄭衍基花八年才出師成廚，比別人多花了一倍的時間。雖然機運比不上別人，但是，鄭衍基靠著勤勞認真，終於像慢啼的大隻雞一樣，一鳴驚人。天生無臂的女孩楊恩典克服困難，成為口足畫家，戀愛、結婚、養育下一代，義賣書、畫，回饋育幼院。

這是一本帶著祝福訊息的書，如同席慕蓉在〈花訊〉裡所寫的，珍惜當下的每個時光。無論學的是那一行業，專心、努力，就是好的開始。積極、樂觀、向上，路途轉彎又轉彎，陽光總會進來。

感謝這麼多朋友惠賜佳作。翻開這一頁，翻開陽光，翻開一個新旅程。

【目錄】

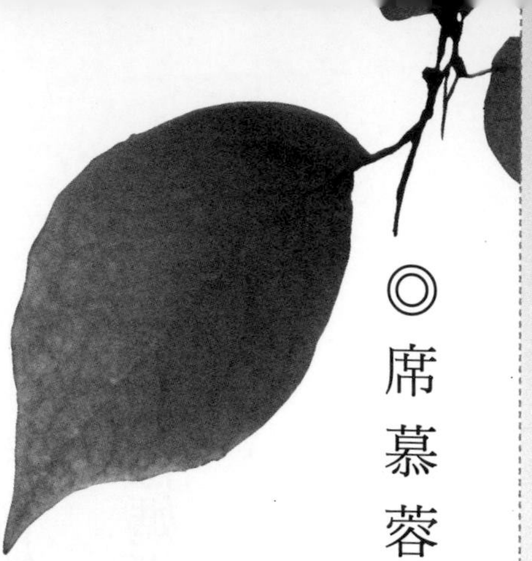

◎席慕蓉

花訊

——寫給曉風

曉風：

我記得你說過，現在的我們，如果能在信箱裡發現一封朋友手寫的信，會是多麼奢侈多麼難得的喜悅。

那麼，今天晚上就讓我來把書桌收拾乾淨，寫一封信向你說說我的近況吧。

這幾天我都在怠工，該做的家事，答應了別人的稿子全都不想去管，滿心只想去畫花。

其實也不能說是怠工，也許剛好相反，只為春天如此逼人，就在你眼前一分一秒地不斷變化，不容你有絲毫歇息的餘地。山野間的苦楝開起花來，原本沉默寡言的大樹忽然都在向我高聲呼喚，這裡那裡紛紛現身，一棵比一棵更囂張；院子裡的花朵也是此起彼落，麻葉繡球已經謝了，兩大叢彩色茉莉幾乎滿滿地開了三個多星期，後院的洋紫荊更是繁花滿樹，花期之長好像也超過往年，到現在還有幾朵留在枝頭。

答應了別人的書稿可以再等一等，春天卻是不能再等了。

所以，這幾天就都在畫淡彩花卉，麻葉繡球、洋紫荊都在院子裡，花葉也還耐久，可以很容易地摘來插在瓶中，慢慢地描繪；苦楝可是不好對付了，樹身都長得很高，根本碰不到，只能開著車在山路上慢慢搜尋，終於給我遇見一棵比較年輕矮小而花朵也還算密集的，掂起腳來恰恰可以摘到最低的那一枝，好香的氣味，好柔的顏色，我趕緊捧回家去，車子開得極快，因為，苦楝的葉子，尤其是最中間那幾枝幼嫩的，一離枝後很快就會蔫軟下垂。在我桌前最多只能支持十幾到二十分鐘，我要趕快先用鉛筆把它們速寫下來，留待參考。

一方面覺得是在自找苦吃，因為那盛開如一團灰紫色迷霧的花簇，我怎麼畫也畫不出它們的柔媚來，一方面卻又覺得非常快樂……

曉風，我知道我已經向你說過許多次了，可是，現在我還是忍不住想再說一次，花開的時候，能夠及時畫上一兩朵，真是生命裡莫大的享受啊！花開的時候，我能在乾乾淨淨的大本子上，淺淺的描繪出幾枝秀挺的枝葉，幾乎就等於把此時此刻的一些浮光掠影也收進本子裡了，心也會因此而靜定了下來。

這幾天，一邊反覆聆聽著舒伯特的鋼琴三重奏，一邊用淡淡的蒼綠和松綠交替地暈染著苦楝的複葉，當那首《降E大調第二樂章》的慢板出現的時候，我心中就會交疊出一幅又一幅往日的畫面。常常出現的是和父親同行的波昂市街巷，或者是萊茵河邊的日出日落，原來我曾經擁有過那樣從容的時光，那時，父親還在，人世間的一切還都有餘裕……

整整九年，從一九八九到一九九八，我們父女之間因為共同擁有一處原鄉而使得我們的交談又密切又愉悅。父親因為有一個女兒終於可以稍稍了解他的鄉愁而覺得快樂，這個女兒也就一次次地走向原鄉，再一次次地走去歐洲，走到父親的身旁，把見到的聽到的感覺到的都細細的說出來，自己覺得彷彿是父親與他的故鄉之間的傳訊者，心中也極為快樂。

曉風，其實在那個時候我就已經不斷地提醒自己了，母親過世太早，我不能與她分享發現原鄉的喜悅，可是，父親還健在，我應該珍惜眼前這難得的好時光，分分秒秒都不要錯過才是。

可是，曉風，有整整九年時間可以向父親發問並且還確實問了許多問題的我，在父親逝世之後，立刻發現，我對他的一生所知太少了，有多少最需要知道答案的問題，我卻從來沒有觸及，沒有想到，更別說提問了……

原來，真相就是這樣逐漸消失逐漸淡出的，每一個世代，都會錯失了許多追悔莫及的時光。

正如波蘭詩人辛波絲卡的詩句：「了解／歷史真相的人／得讓路給／不甚了解的人。／以及所知更少的人。／最後是那些簡直一無所知的人。」

曉風，請你告訴我，我此刻的所作所為，無論是在花前如此喜悅的描繪，還是在燈下心懷疼痛的書寫，無論是想要努力把握住這個春日還是想要努力記住父親的一切，是不是都只因為這一顆再也不願錯失了眼前時光的癡心呢？親愛的朋友，只有你能回答我。

夜深了，暫時就寫到這裡。隨信附寄給你的這張相片是去年在呼倫貝爾的公路邊一片草原上拍到的，原來一路上看見這些粉紫色的野花盛開，心裡非常興奮，嚷著要下去拍幾張，卻沒想到拍完之後，當地的朋友對我說：

「在夏天，我們是可以看見開滿了花的草原，卻絕不希望看見這種花。因為只要它一出現，就是宣告這片草原已經面臨嚴重退化到將要消失的絕境了。」

朋友的面色凝重，我舉著相機的雙手頓時覺得軟弱無力。

從來沒想到一朵美麗的野花所傳達的竟然是如此猙獰恐怖的訊息，曉風，你可知道，那時我所站立的地方正是我的族人引以為豪的呼倫貝爾大草原的心臟地帶啊！

難道，我們永遠都要追悔莫及嗎？

慕蓉　二〇〇五年春日

——選自《寧靜的巨大》，圓神出版社，2008年

賞析

這篇文章是席慕蓉寫給好友張曉風的一封信。數位電子時代，信箱裡出現一封「手工信」，以筆書寫的問候，總是讓人驚喜。認識席慕蓉二十多年，日前還在信箱裡收到她從淡水寄來的明信片，字裡行間彷彿帶著海風，真是歡欣。

席慕蓉熱愛繪畫、寫作。〈花訊〉裡寫到「花開的時候，能夠及時畫上一兩朵，真是生命裡莫大的享受啊！」進而談到「在父親逝世之後，立刻發現，我對他的一生所知太少了，有多少最需要知道答案的問題，我卻從來沒有觸及，沒有想到，更別說提問了……」花開花謝，時間不停留，把握當下。這是席慕蓉穿越文字傳來的時光訊息。

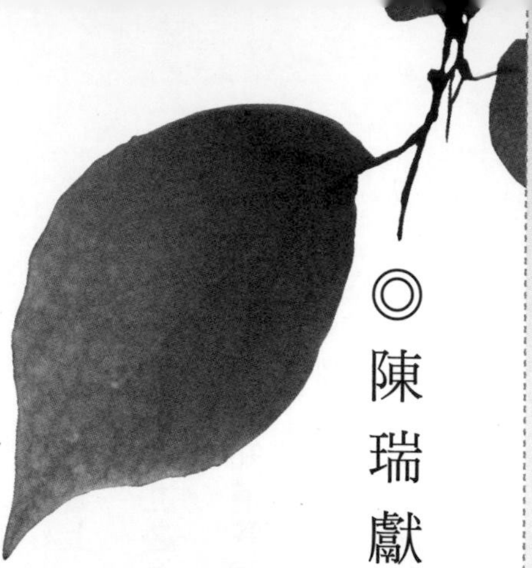

野竹上青霄

◎陳瑞獻

我在舊制高一甲班時常常蹺課，華文老師林達知道我又沒來上學便在班上戲稱我是「詩人」。「你們知道陳瑞獻寫的是什麼詩嗎？……《春天不是讀書天》。」林老師自問自答，全班哄然。歷史大考我作弊被逮，訓育主任李少淵老師在給我兩個大過兩個小過前，指著我的「傑作」——一大堆寫滿了細菌般小字的小紙條，諷刺我說：「你的書法不錯！」年終我的總平均只有三十多分，品行丙下，名次倒數第一名，命運留班。那時適逢改制，我充軍一般被發配到新制的中四庚班去，庚離甲很遠，跟一大堆「臭魚」在一起。

中四的英文老師是陳少儀。陳老師嚴肅，寡言笑，講解慢，條理十分分明，非特英文造詣深，也寫得一手飄逸的英文書法。第一堂課他派一張有關時態的卷子考我們的程度，結果是一塌糊塗，百分之百的「臭魚」。從頭來，陳老師說。從頭來便是我的翻身機會。他極度嚴格又極有耐心的帶著我們一步一步走，我的英文一天一天向上進。陳老師編的文法講義是那麼周密實用有價值，這份講義我牢牢帶著，它跟著我到南洋大學現代語言文學系，那時英文已是我的科班，畢業後又跟著我到法國大使館，那時英文已是我吃飯的傢伙，這份用到破損不堪的講義一直到年前我跟它叩了三個頭後才跟它告別。陳少儀老師說不定有看過藝術之家「電力站」（The Substation）的中英文招牌吧，那正是他的學生陳瑞獻的手筆。這小傢伙用毛筆寫起英文書法來了。可不是嗎，那已經不是當年在練習本子上亦步亦趨模仿您的字體一副沒出息的樣子了。也只有您，陳老師，能在那飛動飛白的羅馬字母行間裡看到您無邊的墨水和汗水啊。

中四的華文老師是王震南。王老師是位文質彬彬的詩人作家，他的字是魏碑脫胎出來的那種跌宕風流。除了在班上的文學知識的灌輸外，他給我最大的恩惠來自他的眼光和心量。他知道我絕對當不了科學家數學家，但他知道我肯定當得了作家藝術家。他在一篇回憶我苦學的文章中說，我上作文課每要搞到下午班上課鐘響了才肯交卷，但他從不催促，一位老師等著一位學生「從容發揮靈感」。這樣的大心量也在離開學校多年後一次在街上邂逅的對談中反映出來：「瑞獻，你的文章我已經看不懂了。」我急忙回答說：「王老師，我是您的好學生呀。」王老師老早知道我注定得畫畫，王老師老早知道我注定得搞雕塑，王老師老早就知道不論有多少人拿著多大的鐵棒在那邊埋伏著，他這名學生的頭肯定還是要冒出來的。是的，他是對的。

我在中四的華文和英文程度雖然已經趕了上去，但由於數理差透再次犯了升級標準。是陳、王二位老師以新制高級中學兩年已分文理科班為理由，在考試成績審查委員會上替我說情，才把我從制度的漩渦中救了出來。

我升上了高一甲。級任是華文老師趙滿源，一位聲如洪鐘說得一口京片子的南方人，千度近視，菸癮特重。趙老師的書風奇異，自成一家面貌，一大片黑板在他寫滿時呈現的是意態橫放的開闊景致。我們每星期都得交一篇小楷，在他的磨礪下，我終於在高二那年獲得小楷冠軍的一面金牌。在他班上，我的華文水平是頂呱呱的了，對文學懷有更高的嚮往，隨著他那深沉有力的解析《哀郢》的聲音，我偷偷的開始我的文學創作生涯。趙老師的大愛是一條大被包庇著我。有一次，我又惡作劇轟一聲放了一個大響屁，全班哄然；他高度近視氣沖沖朝我的座位走來，到我身旁認出是我，在大家都巴望他動手教訓我時，他只說了聲：「原來是你這個傢伙兒！」便轉身走回去，全班又哄然。此後，我決計不再搗蛋。在我今日極為挑剔的收藏中，有一幅趙老師的墨寶，寫的是王維的「此物最相思」。記得當時我特別要求在書文中一定要含一個「之」字，所以有「癸卯冬書應瑞獻同學之囑」。他的「之」寫法，全天下找不到可以並比的另一家。

高中兩年的英文老師是林寶安。林老師溫文爾雅，英偉軒昂。他教課純用英語，諄諄善誘，從未高聲說話，寫字典麗整齊。在陳少儀老師為我紮穩的基礎上，再經林老師兩年的苦心琢磨，我已是華中英文最好的學生之一，《時代週刊》來訪，我是兩位代表之一。也就是在他班上，我下定決心在畢業後投考南大文學院據說是很難念的現代語言文學系，同時也用他講解過的一些英文篇章，開始學習英譯中的翻譯工作。為了紀念這位學問好、和藹可親以及心細如髮的師長，他改過的一些卷子，我至今還保存著。高二結業，我名列第三，因為數學零蛋，又一次犯了畢業標準。第三名還要留班嗎？那一天在我的日記裡，我記下林老師對我說的一句話：「瑞獻，我們會替你說話。」他當然說了話，趙老師當然也說了話，我當然畢了業走出校門，絕不回頭的走了。

我生活創作最主要的思想引導是佛學，它的啟蒙也在華中。第一次看到釋迦牟尼的偉大是在鄭安侖校長為一本特刊寫的刊首語中。像他把我帶進華中那樣，老校長給我種下最早的學佛因緣。第二次是在王卓如老師的歷史課中，他講到世界幾位大宗教的創始人時提到悉達多王子，說悉達多王子為了探究人為何有生老病死，拋棄王位家庭去苦行等事，我至為感動，心想世上竟會有這樣了不起的人，而他一生的言行又是什麼呢？我便去圖書館借來一部《佛學概論》，在數學課偷偷讀將起來，結果給葉文祺老師逮到，他搶去我的書，用書敲打我的頭罵道：「怎麼，你想去當和尚？」和尚不敢當，

〈野竹上青霄〉更不是我杜撰，那是杜甫的創造。

——選自《陳瑞獻選集‧散文／評論卷二》，創意圈出版社，2006年7月

賞析

陳瑞獻原籍福建南安，出生於印尼，是新加坡的國寶。他是作家、畫家、書法家、雕塑家、藝術家；還是語言天才，熟知中文、英文、馬來文、法文。這篇文章是他記述華僑中學幾位師長的教誨。

文章篇名〈野竹上青霄〉，出自唐朝詩人杜甫的詩：「不識南塘路，今知第五橋。名園依綠水，野竹上青霄。」生命峰迴路轉，成長之中，愛是我們內心永遠的光，也是野竹上青天的重要支柱。

認識陳瑞獻十多年，佩服他才華洋溢。讀了這篇文章才知道他數理差，讀高中時，一度名次倒數第一名，愛搗亂，但是，老師的關愛讓陳瑞獻的天分得以發揮。他是多位老師從制度、從刻板教育漩渦中救出來，以大愛包容成長的孩子。

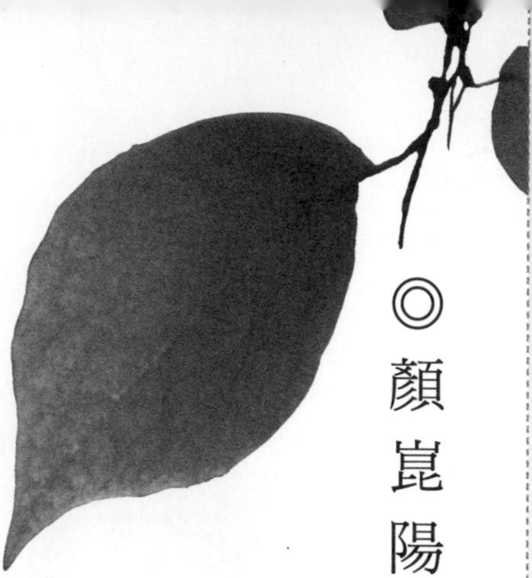

這就是福

◎顏崑陽

久。

父親失蹤了？我打了幾次電話，都沒有人接聽。手機，也任它響了許久。

父親，七十八歲，獨自居住在八德市的一幢公寓裡。這是他與妻子——我的母親期許白頭偕老的地方。他們漂泊而勞苦了一輩子，至少搬了七、八次家。晚年卻落腳在這幢他們從未想到會在此終老的公寓，像隨風飄飛的草籽，落在哪裡就算在哪裡，行止都是命運所生的偶然。這也使得他們早已養成「隨遇而安」的心性。

母親卻在四年前向他做了永世的告別，他頓時變成獨居的老人。所幸，幾個子女，我的弟妹們和他同住在一個城市，往來也頗方便。只有我遠在花蓮，隔些日子才能去看他一趟。

他喜歡獨自生活，不習慣坐在那兒被伺候。這是他漂泊而勞苦一輩子最大的收穫；金錢、地位沒有賺到多少，卻賺到這樣獨立、堅毅、通達、健康的身心。那是一種無須多言費詞的生活智慧。我想，在他還行動良好的時候，絕不會成為掛累子女的問題老人。

父親終於接聽手機了。啊！七十八歲的老人，前天興來，騎上摩托車，沿著西濱公路，回去家鄉，那個嘉義海邊，貯滿他童年到壯年生活記憶的小漁村。翌日，又騎著摩托車到墾丁公園，完成他無牽無掛獨自旅遊的夢想。這一趟來回，就騎了將近二十小時的摩托車呀！而他已經是七十八歲的老人。

我非常擔心他的安全。他卻在電話的那一端鏗鏘地向我訴說沿途在摩托車上櫛風沐雨的快樂。

母親剛去世不久，我實在很掛意父親如何適應孤獨的晚年生活。記憶中，童年的時候看過父親用蠟筆在臥室的粉牆上作畫。他應該喜歡繪畫吧！我買了一批畫紙與色料給他，想讓他在塗塗抹抹中，消遣著母親抽離之後的空白歲月。但是，父親並沒有去畫畫。後來，我明白了，別把老人當小孩，刻意地安排他的生活，以滿足子女自以為是的孝思。其實，他已經歷了一生，只有他自己知道，怎麼過日子才最快樂，就任他自由自在吧！

他是我的父親，一個平凡的老人，卻讓我覺得放懷而敬佩。這就是「福」，很多富貴一生的老人，用錢都買不到。生活，真正所需，其實非常的簡單。

——選自《中央日報・副刊》，2003年9月15日

賞析

這篇文章源自顏崑陽所著《小飯桶與小飯囚》一書，文字簡樸而真誠。全文敘述七十八歲獨居的父親好多次沒接手機，好像是失蹤了？後來，父親終於接聽手機了，才知道父親騎了近二十小時的摩托車，回到位於嘉義海邊的家鄉，又騎著摩托車到墾丁公園，完成他無牽無掛獨自旅遊的夢想。

顏崑陽很擔心父親的安全。然而，老人卻歡喜的敘述著沿途櫛風沐雨的快樂，「他是我的父親，一個平凡的老人，卻讓我覺得放懷而敬佩。」顏崑陽有言：「美好的生活，唯在自得」。自由自在，簡單的生活，就是一種福氣。這話說得真好，追夢逐風的路途中，我們常常忽略了簡單自在的美好。

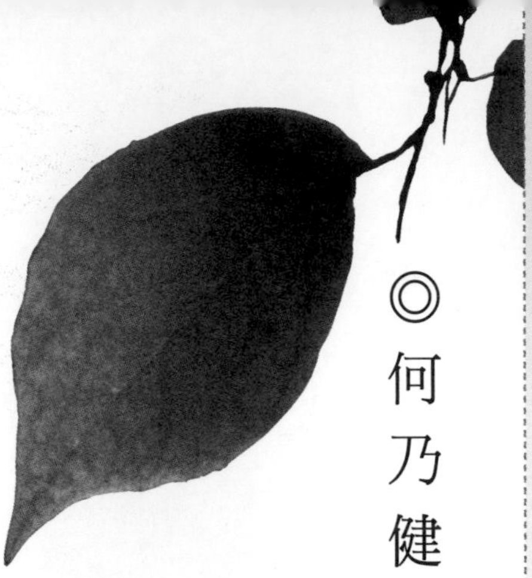

那簇爝火

◎何乃健

在我心靈的最深處，常常舞踊著一簇爝火。我以滿腔的激情，把整個生命，像收割後的稻稈，投入這團熊熊的烈火，讓它熾燃不息。我也把爝火焚化過的灰燼，撒遍整個心田；春風化雨後，讓我心深處醞釀的綠意，延到心外整個米鄉的綠意裡，融成一片綠浪，婆娑在和煦的陽光裡。就這樣，一季又一季，在過去的十八個年頭裡，我在八鄉十萬公頃的水田中，不知深深地踩下了多少個十萬倍數的足跡？

你問我為什麼對平凡的米鄉，懷著這麼深沉的愛戀，我願意把一段深藏在我心深處的童年回憶，靜靜地為你細述一遍。

我出生在曼谷的三聘街，那裡是泰國華裔商人的商業中樞。然而，自小我對熙攘的衢沒有遛達的興趣。我嚮往的是附近縱橫交錯的水道，以及壯闊的湄南河。我最喜歡看河上的舢舨，運載著一包包的白米，從鄉下到來泊岸。父親在泰國經營土產，公司的倉庫坐落在湄南河畔。假日裡常常看到休工的夥計，坐在堆積如山的米包上，優閒地拉著二胡自娛。

依稀記得那時我已進入黃魂小學念書。有一天傍晚，保母牽著我從外邊買零食回來，驀地看見一個黑黝乾瘦的中年人，背著一個滿臉病容的小孩，手裡提著一個包袱，身邊站著一個十多歲的女孩子，在門口和母親談話。那天晚上母親招呼他們在家裡吃飯，我悄悄地注視著那中年人，只見他張臉，像乾旱裡龜裂的稻田。他苦澀地說鄉下很多農民一天只能吃一餐飯罷了。臨走時母親塞了一疊鈔票在他手裡，我在母親身邊，看見他的眼眶裡閃爍著淚光。後來在母親和保母的閒聊中，知道那中年人是日治時期母親在鄉下避難時的鄰居。由於連年苦旱，水稻失收，而今欠了滿身債，孩子又病重，只好把大女兒帶到城裡當女傭。在我的記憶中，這是我有生以來第一次感到人間的疾苦與辛酸，我開始發問，為什麼有的孩子可以背著書包上學，有的卻要洗衣抹地、寄人籬下做牛馬？不過，由於當時年紀尚小，這件事情帶來的衝擊，在童稚的心裡，蕩起一小圈漣漪之後，很快就平靜下來。

就在我幾乎淡忘了這件事的當兒，母親決定舉家搬遷到檳城去。離開泰國前夕，我們從萬佛歲的海濱遊罷歸來，途經北柳府一帶無垠的稻田時，我被稻田裡簇簇的熠火深深地吸引著了。母親告訴我，那是農夫在燃燒收割後留下的稻稈呢！我心裡頓時湧現一個疑團，為什麼稻禾結了穀子，人們還要把它送去火葬呢？望著站在田壟上的農夫們，我不期然地想起那個背著生病的孩子，到我家來求助的中年人。這些農夫終年胼手胝足的耕作，不就像開花結穗的稻禾一樣，忙了一輩子，穀子收割後賣出去了，然而自己的窮困卻依然如舊，命運也像那些稻稈一樣，充滿烈火的煎熬！

我漸漸長大了，我發覺到我們社會裡很多的建設，就是這一大群默默地，平凡地生活著人完成的。他們像水田裡的稻禾，在靜默中分蘗，在靜默中結穗。他們燃燒自己的生命，就像稻稈燃燒自己，化成肥料，讓下一代的稻禾長得更美好。我們同時又看到社會裡很多譁眾取寵的人，像田間一些灌木叢，只颳起一陣風，就喧鬧不停，互相傾軋地把枝椏伸向天空，爭取雨露的滋潤。它們盤據了沃土，不但結不出碩果，反而容納蛇鼠在內做巢。

經過深思後，我對自己的心許下了願：我願意做平凡的稻草。在日記簿裡，我寫下這首短歌：

如果對生命作一番寫照
我知道自己颳不起風濤
擂不動羌鼓

吹不響戰號
我只是一根田裡的稻草
為了結穗而弓背
為了下季的豐收而燃燒！

賞析

本文讀來熱血澎湃，馬來西亞作家何乃健以雄渾如詩的筆觸，向踏實、平凡的人們致敬。

何乃健，祖籍廣東順德，一九四六年生於泰國曼谷，一九五三年移居馬來西亞。他鑽研農業，是稻作學顧問，也寫詩和散文，作品裡有著對土地和自然界的讚嘆、農田生活的領悟，以及環保意識的強調。

何乃健從童年記憶說起，他曾看見到家中求助的一位中年人，看見那張有如乾旱裡龜裂的稻田的臉。長大了之後，何乃健更深深感受社會裡很多平凡人，默默地，像水田裡的稻禾，在靜默中分櫱，在靜默中結穗，燃燒自己的生命，就像稻稈燃燒自己，化成肥料，讓下一代的稻禾長得更美好。

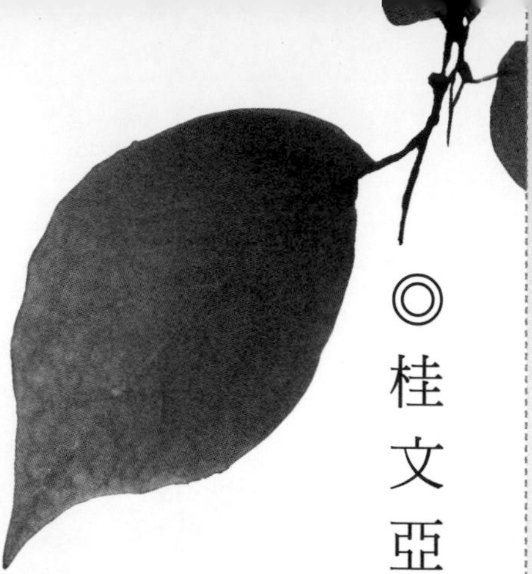

刀疤老桂

◎桂文亞

十八歲是少女一枝花的年齡，就在這一年，老天爺送給我一個長達十七年的馬拉松禮物。它改變了我對「美」的認知，成為一生中最珍貴的財富。

那年，我十八歲，青春洋溢，很在意自己的容貌，不但衣著髮型力求「水水的」，也頗講究色彩款式的時尚搭配；辛苦賺來的稿費，並不都用來買書，也購置美麗的皮包、皮鞋和飾品。出門打扮免不了，嗯，鏡中的少女看起來滿漂亮的：雙頰紅潤，直鼻梁，大眼睛，嘴唇線條優美，還加上一枚甜蜜酒窩哩！不忙，且取來「美容聖品」不透明膠紙，用小剪刀剪出彎細的月型，熟練的順著眼皮一貼，哇，變魔術似的，原本亮晶晶的單眼皮眼睛頓時成了迷人的雙眼皮，再抹上淡藍的眼影……

坐上四十路公車，一個小男生指著我哈哈笑：「妳下巴那裡有塊原子筆油！」尷尬的看他一眼，我知道他在說什麼。

在我右臉頰靠嘴唇部位，出現了一片青藍，彷彿是被人猛揮一拳，皮下瘀血了。這塊藍印子初時淺淺的，然後慢慢地水墨畫似的往外擴散，顏色變綠，甚至成為紅紫。同時在右口腔裡，出現了血塊，會腫脹、自行破裂、流血，暫時恢復正常，又開始腫脹、自行破裂、流血。這樣奇怪的症狀周而復始已有一段時間，初時不以為意，遲遲不見改善愈來愈嚴重後，爸媽不但緊張起來，我更是感到害怕。難道，年紀輕輕，就得了不治之症？而我，十八歲，花樣年華才剛開始啊！

為了皮膚上的這塊無名青腫，爸爸帶我跑了五家醫院驗血，又從內科、外科看到皮膚科，直到經由一位醫生朋友的指點門診口腔外科，才確定是血管瘤，需由整型外科醫生動手術切除。

但是這第一次對我來說在口腔裡開刀的可怕手術，不但沒有治好，還使我原本完好的嘴唇受到損傷，而血管瘤也往下轉移了。之後十年，青腫的部位逐漸蔓延到頸部，翻開多年前的相本可以清楚看到，我多了一個十分「肥美」的雙下巴。尤其當冬季來臨的時候，影響血液循環，下巴至頸部顏色更加腫脹青紫，口腔需用針刺放血，接著便是疼痛不適。我曾做針灸治療、試各種中藥、甚至密宗作法，求神問卜，可惜都不見效，除了等待適當時機會動手術切除，只能暗自內心憂懼及在希望中祈禱。

第二次手術換了另一家大醫院。這次手術花了八小時，傷口從右耳根沿頸部劃到左邊的顎下，長長的刀痕，有如上了一次斷頭台！然而病情依舊，血管瘤繼續生長，儘管醫生說是良性，但面對鏡子，我真誠的祈求老天爺，一張臉醜點兒沒關係，但能否讓我少受點兒對未知恐懼的折磨？

第三次頸部手術是在三十五歲那年。第二次上「斷頭台」，同樣的部位再重複劃一刀，手術過後，我隱隱聽見媽媽在輕輕喚我，聲音似從山谷中吹來一陣微弱的冷風，當我清醒睜開眼睛，一眼看到兒子驚嚇的表情，接著放聲哭喊：「媽媽！」。事後，不改愛美天性的我從枕頭下取出小鏡子。鏡裡有一張水泥色的臉，雙下巴不見了，臉型改以不對襯的傾斜，彷彿刀削。但我由衷感謝老天爺，這一次是斬草除根，終結十七年來的病痛。

我今年六十歲，恢復健康以後，更珍惜生命中擁有的一切。朋友至今仍認為我很愛美，一點不錯，一個真正對「美」有認知的人，是從「醜」和「痛苦」中淬鍊出來的。只不過，很少人知道這之中的心情故事。

記得當年我在整型外科門診的時候，看到許多兔唇、裂顎、顏面傷殘甚至畸型的病人，男女老幼都有，從外表看去，也幾乎個個是可憐的怪物，我當下膽戰心驚如當頭棒喝：「桂文亞啊你真的要感謝上天，你得的不是絕症，難看的也只是半個下巴，你還有健全的四肢和腦袋！比起這些平日不敢出門見人的身心障礙者，是何等幸福！」

是的，我深切的理解及同情他們。在漫長的十七年中，我飽受精神和身體的雙重折磨，但至少，還擁有正常人的生活：一份合志趣的工作，一個和樂的家庭，讀書寫作、出外旅行、隨心所欲。我在意的不是外型變醜了，而是變得更堅強更能面對生命中各種艱難的挑戰。

外在的美真有這麼重要嗎？不。當一個人經過真實人生的考驗，當一個人體會了還有比外在形式更重要的東西以後，他的內在將更質樸豐富。

就在不久前，途經忠孝東路捷運站，遇到一個不常見面的朋友，開門見山的說：「妳以前的臉很歪耶，現在好一些了。」

我對他點頭微笑，原想告訴他這已經不重要了，但隨之一想，也沒什麼，曾經還有一位不知情的同事，在我第三次手術後向我求證：「傳說你去日本美容啦？」；一位醫生朋友更善意的建議我去做整型手術以改善缺陷。

我不會去整型。執意留下這明顯的缺陷是為了時刻提醒自己：真正的「美」，是透過不完美而來的，付出「美」的代價，讓我上了一堂生命教育課，這是更有價值的意義。

「刀疤老桂」，是我給自己取的一個性格外號。

賞析

認識桂文亞近二十年，印象中，她一直是優雅的模樣，直到拜讀〈刀疤老桂〉，才看到她曾在漫長的十七年中，因右臉頰靠嘴唇部位血管瘤，三次開刀，飽受精神和身體的雙重折磨。

青春年華，正是愛美的年紀，面對臉上的血管瘤，年少的桂文亞內心憂懼。走過不安，回首當年，桂文亞給自己取了一個性格的外號「刀疤老桂」，她感激：老天爺送給我一個長達十七年的馬拉松禮物。它改變了我對「美」的認知，成為一生中最珍貴的財富。

「當一個人體會了還有比外在形式更重要的東西以後，他的內在將更質樸豐富。」細讀桂文亞的文章，我想，是她內心散發的愛與文學，讓她有著另一種美麗，所以，我從沒有發現她臉上帶著一份上天給的「禮物」。

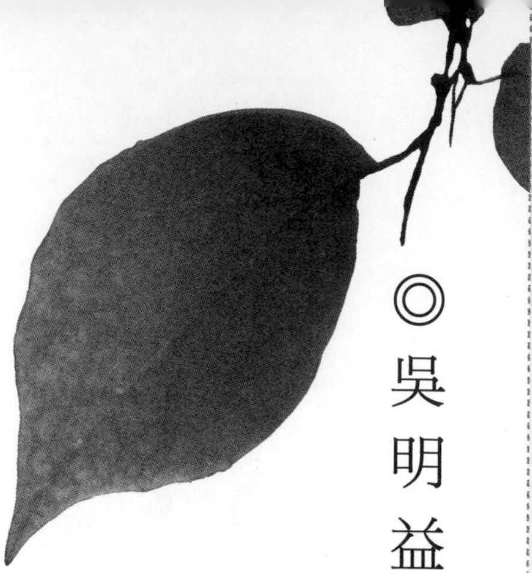

飛

◎吳明益

校園裡有一道名為百花川的溝渠，以一種散漫的態度穿過。有時面對俯瞰的秋日，也會渴成散兵坑道。兩旁除了幾叢梔子花，和零散遙對的桂花，勉強在舊圖附近遇到幾株茶花，但怎麼湊也湊不到百花。「百」與「川」，該只是賦名者想像的虛詞罷？

唯一可以嗅到「川」的味道，是那幾株垂楊柳。如果你刻意將單車騎偏一點，就會撞上她柔軟的挽留枝臂。你知道嗎？從菲島渡海而來紅擬豹斑蝶的食草正是垂楊柳。昔我往矣，楊柳依依。這種體內布滿流浪基因的蝶，血液中流動的，竟是如斯糾纏這般擾人底溫柔枝葉。只是我在校園裡從未遇到過紅擬豹斑蝶。或者，我總是錯過他們的流浪。

在沒有特意外出跟蹤蝴蝶的時候，百花川是我每天可以遇見他們的一條蝶道。只要天晴，就有琉球小灰蝶，跟著酢醬草開放；偶爾會乘著水聲，從身邊滑過的，如日行蝙蝠般的是雄大鳳蝶。而如果你的眼光夠利的話，可以在瞬間拉到青帶鳳蝶，一秒鐘扇動數百下的衣角。這些一點都不稀奇的蝶種，像老朋友一般，你用眼角就可以認出他們。

紅紋鳳蝶，總是在特別幸運的早晨才會路過百花川。

當我發現這尾紅紋鳳蝶時，是驚訝多於喜悅。逆光看去，他的後翅原本應有白斑的第四、五室，和紅色月牙紋的地方，竟類似爛熟木棉的苞蕊，成為一種微曲的橢圓，顏色因而成了一張揉皺的畫紙。他雖然努力地鼓動著空氣，卻往往只能在維持高度之餘，以幾釐米的秒速向前。

對蝴蝶來說，羽化可能不是一些文學家筆下美麗的過程，而是生死間緊張的頓號。當蝶蛹而出，抓著被拋棄的舊軀，爬到一個等待的角度時，時間對無法飛行的他們來說，是一珠凝定的琥珀。他們無法應對外界的讚嘆、覬覦、變動與詢問，只是靜靜地等血液注入翅脈，緩緩硬化。如果幸運的話，時間會在二、三十分鐘後重新流動，帶領他們鼓譟的新生，衝撞天空。

幸運的話。

如果不，除去無可奈何的天敵，不是每隻蝶都注定有飛行的權利。有時是蛹中的革命未完，便只好成為帶翅的苦行者，爬行到被捕食者發現為止。這尾紅紋鳳蝶顯然是羽化的失敗者，可能是一陣突如其來的冒昧強風，或者是蛹期發生了不可料知的病變。我曾經等待過一隻烏鴉鳳蝶的羽化，他倒吊在賊仔樹的枝枒上，新生羽翼上的黃綠鱗片，像那片虛幻的，理論上存在的柵狀星雲。我將近攝鏡頭幾乎貼緊他的軀體，他只能些微顫抖地移動身軀來表達緊張。等待飛行，是一種殘酷的忍耐。

羽化失敗的紅紋鳳蝶，用他尚稱完整的前翅，勉強飛行，像是所有的空氣不但在阻止他向前，並從後面，將他的體力一分一寸地拉扯出來。方向？想是沒有的。端看風的意見吧。

飛行對你的意義是什麼呢？我下了單車，步行跟隨。我收藏的紅紋鳳蝶標本，便是一隻羽化不久的新鮮個體。一位業餘的捕蟲者，教我製作標本的教材。他從三角紙中取出蝶體，然後用食指與拇指掐住胸部前緣，輕微地啪一聲後，他的長腳交相摩擦，口器倏然向外伸直，然後在頭部外，像小時候吹壞的一種捲狀紙笛，緩慢地綣曲起來。在還未飛行之前，他便被凍結在我的標本箱裡。而如果沒有那兩對美麗的飛行器，我還會用銀亮的三號蟲針，穿透伊底胸脯嗎？

他搖晃了一下身體，隨即又固執地，踉蹌地穿繞過百千層木。一九六四年，濱野榮次在墾丁公園外環道路斷崖的枯樹蔓草間，遇上鉅大的紅紋鳳蝶群，「稍後飛抵的蝶隻因無法尋得棲身之處竟怒而群起鼓翅」。紅紋鳳蝶在任何台灣蝶類圖鑑裡，都被注明是四季皆有的普通種。但現時「普通」一詞的符旨，恐怕和昔時大不相同。當時濱野先生因為底片的感光度不佳，而錯失這個數倍於六龜的斑蝶集團，沒想到這可能是永遠的錯失了。一群互爭休憩場域的紅紋鳳蝶，怒而飛，可能只存在一九六四年的鍙丁。

那麼龐大的蝶集團，需要多少馬兜鈴的支持？這證明曾經有那麼一群的紅紋幼蟲，靜靜地囓食著上帝的賜與，為一雙翅膀的飛行做準備。

對他們來說，飛行，方是生命的實現。

拚命從食草身上，攝取足夠兌換飛行的能量，而飛赴一場戀愛，像是人魚用咒語換來的雙腿，意味著愛情的走近與追逐。雌蝶其實不可能選擇和追不上他舞步的雄蝶繁衍。飛行，才是魅力。

春夏時，許多低山帶的蝶種向中海拔遷移，高山帶的蝶種則在秋冬時向低海拔飛翔。這種擴展生命領域的企圖常常失敗，而客死異鄉。然而明年的下一代始終要再試一次。對他們來說這不叫冒險，而是責任。能夠飛行，也就背負了遠比身體還要沉重的某些物事，這使得他們的飛行實在不如我們看到的穿花款款地輕鬆自在。

我的母親總在我學會用「汝勿插啦，汝不識啦。」的時代，用一句軟弱的話來回應：「好啦，汝大漢啦，翅硬啊，會飛呀，免哇啦。」她總是用一種無力的眼神，故意閃開，那個孩子已能飛行的事實。在我上博士班以後，她連這句略帶邀請安慰的話都省略了，多數時間我待在學校，忙著準備發表一些有時我也不是那麼懂的論文。每回她問起怎麼忙什麼事可以忙得連回家一趟的時間都沒有？我也只能笑一笑，把那句「我家己就不知，汝那會知啦」就此省略。

年紀大了，她另一句擾人的口頭禪是，「恁老爸如果不是我致蔭（蔽蔭）伊，伊甘會有今日？」這在老爸耳裡當然是不怎麼受用。但不知道為什麼，這句話總讓我有很強烈的戀愛的感覺，可能在這個看似自誇的句子裡，隱隱讓人感到所講述的對象是複數的意涵吧？至少那似乎暗示了，他們曾經以某種相互致蔭的姿式，飛行過一段路。

他們的飛行，就被凍結在標本箱似的相本裡，和我們肖似的眼窩輪廓裡。

飛行？那是責任。

我眼前的紅紋鳳蝶，其實已經被剝除了責任的背負。他的飛行，失去戀愛，失去責任，失去目的，於是，連跋涉都談不上了。

嘿，那你究為了什麼而飛行啊？

由於已經是初秋，百花川的顏色也因此黯淡了點，垂楊柳顯得無甚精采，緩緩地配合著風擺著葉尖。昨夜想必下過雨，使得百花川的流水隱隱有了「川」的氣力。

轉角處有一簇馬纓丹，本以為他會在這裡歇個腳，沒想到他還是強迫自己繼續前進。馬纓丹總是在墓地附近，如慶典般開得燦爛，所以有人叫他墓仔埔花，那位既是修車技師，又是熟練的捕蟲者告訴我的。

也許再過十分鐘，這隻不甚幸運的紅紋鳳蝶就將力竭地躺在行政大樓前，那排人工修剪得十分齊整的七里香上。由於他們的食草是港口馬兜鈴，使得從準備飛行開始，他們同時也為自己累積了一個帶著毒素的身軀，玉帶鳳蝶的雌蝶才選上他們作為擬態的對象。也就是說，不會有什麼捕食者，跟我搶這筆生意。說不定我可以平白地撿到一個完整的畸型標本材料。只需在回去時，將他的身軀泡在溫水中，軟化他生前未及炫耀的翅翼，然後用固定針和描圖紙，替他捏塑一個飛行的姿式。而不必安撫自己的涼意與不安，用指頭去窒息他們，忍耐那個宛如槍聲般，捏碎靈魂的音響。

啪。

我想，也許，他是為了實現所謂「生命」這個虛域的字彙而飛行的吧？秋天眼看已經淅瀝地冰涼地宛轉地蛇行地由百花川偷渡。我緊緊跟隨如此奮力如此靜謐的飛行，似乎聽見他的胸口，清脆地發出，那宛如落葉擊地的聲音。

——選自《八十九年散文選》，九歌出版社，2001年

注：紅紋鳳蝶（Pachliopta aristolochiae interposita Fruhstorfer）是低山帶蝶種，幾乎分布在台灣各個區域，離島也有分布。展翅約7-8cm，前翅黑色，後翅有紅色弦月紋。他與大紅紋鳳蝶的分別在，大紅紋鳳蝶體型較大，而尾突上也有紅紋。幼蟲食草是馬兜鈴、港口馬兜鈴等。

賞析

認識吳明益，讀他的文章，總是看見他胸懷遠大的思考。他不急，慢慢的，有計畫的推展著寫作計畫，就像他在本文中的文字：「我曾經等待過一隻烏鴉鳳蝶的羽化，他倒吊在賊仔樹的枝枒上，新生羽翼上的黃綠鱗片，像那片虛幻的，理論上存在的柵狀星雲。」

吳明益觀察蝴蝶，等待拍攝生命的剎那，同時，他也反思自己的人生飛行，咀嚼母親和他的對話，思索未來。文末，他寫道：「我緊緊跟隨如此奮力如此靜謐的飛行，似乎聽見他的胸口，清脆地發出，那宛如落葉擊地的聲音。」

再三閱讀這篇文章，想到有個秋天，他從花蓮回到台北，我們約著見面，他談起寫作進程，眼裡有光，帶著剛從山林裡帶回來的火炬，如此炯炯有神。

平凡中的不平凡

◎丘啟楓

母親永遠的走了，那是一個晴朗的衛塞節，她在早餐之後入睡，然後在安靜、安詳、安寧中告別九十五年的紅塵歲月。

像成千上萬的中國農民，為貧困所逼，他們離鄉背井，赤手空拳「過番」。先父在一九二八年從廣東大埔經汕頭前往新加坡，不足一年再渡海去北婆羅州的山打根，又南下砂勞越美里，最後落腳在汶萊。先慈在一九三七年南來，往生時享年積閏一百歲，參加喪禮的親友都說她「好命」，她生前也交代辦簡樸的「喜喪」，我們雖然披紅戴紅，肅穆的靈堂依然充滿悲戚傷慟。

好命！這是弔客的普遍看法。首先是她多年來在家享福，就像她生前重複再三，認為自己吃夠、穿夠、使夠（有錢花）其次是她長命，當年同船南下汶萊的同鄉，她最後辭世。此外，終身拜神行善的她，在南傳佛教的佛祖誕辰日、而且是大白天登上極樂世界。

多年來母親隔一段時間就交代後事，由於她身體一向健朗，中氣十足，聲音洪亮，胃口甚佳，絲毫沒有駝背，因此我們做子女的總以為她理所當然可以長命百歲；前年開始，她六度緊急送院急救，我們終於意識到，她老了，心理上也作好準備。可是要來的終於到來時，家中成員受到的衝擊卻不小。

母親僑居汶萊五十年，新加坡二十年，她的一生是許多傳統、平凡的老一代中國農婦的剪影。母親畢生勞苦，晚年稍微生活安定，子女卻不能經常陪伴在側，最後兩年不良於行，聽力視力衰退，也增加她的煩惱。但是，她總能克服困難，與時俱進，學習新知，適應變遷，機智果斷，從而度過將近一個世紀的悲歡離合。

母親是童養媳，三歲來歸丘門，幼年曾經到祠堂「夜學」補習，三個月後就被族長禁止，理由是女子不應該讀書。可是她牢牢記住念過的少數幾個字，偶爾問子女生字，又學會阿拉伯數字，結果她成為同輩女同鄉之中唯一有手寫電話簿的人，她會撥舊式的鍵盤電話。她曾跟旅行團到外地，幾個「唐山婆婆」當中，只有她能按電梯上下酒店。

她沒有背過九九乘法表，可是算術計數一流。水鴨每斤一塊五毛，三斤十三兩多少錢？賣雞鴨的小販又不會算盤，就找母親。但見她邊念斤兩邊捻手指，然後報出價錢。有生意人拿算盤計算，滴滴答答老半天，花了更長的時間，才證明母親的計算正確。上世紀五〇年代中，我已經學過幾何代數，到菜市場還是不會算非整數的雞鴨魚肉的價錢，付了錢回家，母親再核算，曾經去找小販，告知計算有誤，對方連聲抱歉的退回差價。他其實也算不準，但是知道母親講義氣、講信用，為人正直，從不欺詐，也就信服。現代社會電子計算器、手機都可以計數，還可以設定之後自動計價，在那個年代，母親等於活動算盤，有時停下針線，替人計數，令人折服。

母親沒有學過土木工程，也沒有當過木工，可是日本占領南洋後期，盟軍轟炸汶萊之後，她以土法煉鋼方式在果樹旁建防空壕，既通風又牢靠，大約可以容納十個人，鄰近的孩子也來躲戰機。六〇年代末，她找了鄰居作短工，我當助手，將兩層的木造老房子的二十多根柱頭換新。她指揮挖方、填方，墊木塊、架橫梁，然後用千斤鼎拆卸舊樹幹，更換新柱頭，樓上門窗房間都不受影響。至於搭寮舍等木工，也是快速俐落完工，而且經久耐用。

耕種是她的絕活，汶萊淪陷期間，她種的菜蔬：如辣椒等作物，經常豐收，左鄰右舍的多半不成氣候，日軍有時到民居收割或強行抓走家禽，我家因為作物長得茂盛，是日本憲兵吉普車必到的陣地，母親一聽到風聲就叫我拿竹竿把雞鴨趕到百多米外的海灘林地，她自己帶憲兵到菜園，日軍載走蔬菜，我們又去海邊找回家禽。後來我們遷居，不再務農，她還是養雞鴨鵝，養得標致，鄰居總是老早就來情商價購。她種水果蔥蒜青菜，加上什麼駁骨桐、鵝不吃草、艾草、仲艾等等藥草，常有人因病因傷來索取。一些人家的木瓜中途枯萎，結子後，往往沒成熟便掉落或扭曲變形，母親教他們用泥沙堆肥墊高根部，多澆水，可是根部又不能積水，我發現這麼簡單的方法，能夠成功的很少，原來這需要勤力和持久的毅力。母親中年曾經一連幾年大清早出門到建築工地敲石塊，到高爾夫球場種草，還要料理家務、飼養家禽、耕作菜蔬等，風溼傷痛，風雨無阻，可以說是不平凡的超人。

母親不能讀報，代以聽子女談話，了解資訊；聽先父談時事，了解國共內戰，粗略知道天下大事。和友族相處，能用「巴剎馬來語」溝通；至於清楚記得子孫出生時辰，幾代家族成員的重要活動年分，許多老人都有一手，不獨母親為然。倒是成語、諺語、聯語琅琅上口，訓斥子女，排難解紛的時候往往出口成章，加上析理有據，風俗禮教為憑，儼然是意見領袖。她沒有學歷，卻有智慧、有能力，可是生不逢辰，令人慨嘆。

在流離的年代，許多中國婦女像我的母親一樣，血液中有著華人刻苦耐勞的基因，從實踐中累積經驗。她們在家國的迷途中，總能找到出路，總能帶著子女摸索出新的方向。她們含辛茹苦，編織未來。在歷史冊頁中，沒有人見著她們的身影，可是，土地記得，她們的丈夫子女，鄰人親友記得。她們是小人物，卻又因著平凡中的不平凡，成為時代中難忘的容顏。回首我母親這一代的華人婦女，無論是過去或現在，都有著同樣的特點，她們成就了時間裡的永恆。

追念我的母親，追念一個時代，心中有著無限的感懷。

——原載馬來西亞《星洲日報》，2007年1月7日

賞析

這篇文章是汶萊作家、國際新聞工作者丘啟楓追念母親的作品，字裡行間顯現東南亞早年移民的歷史。丘母一生是許多傳統、平凡的老一代中國農婦的剪影，堅毅的個性讓她總能克服困難，與時俱進，適應變遷。學習新知，機智果斷，從而度過將近一個世紀的悲歡離合。

在那個重男輕女的年代，三歲當童養媳的丘母，幼年曾經到祠堂讀了三個月的書，她牢牢記住念過的少數幾個字，偶爾問子女生字，又學會阿拉伯數字。她沒有背過九九乘法表，可是她心裡有個超級計算機。她沒有學歷，卻有智慧、有能力，她是早年的「唐山婆婆」，她是小人物，卻又因著平凡中的不平凡，成為時代中難忘的容顏。我們身邊許多人是這樣的努力，過好每一天，創造自己的生命傳奇。

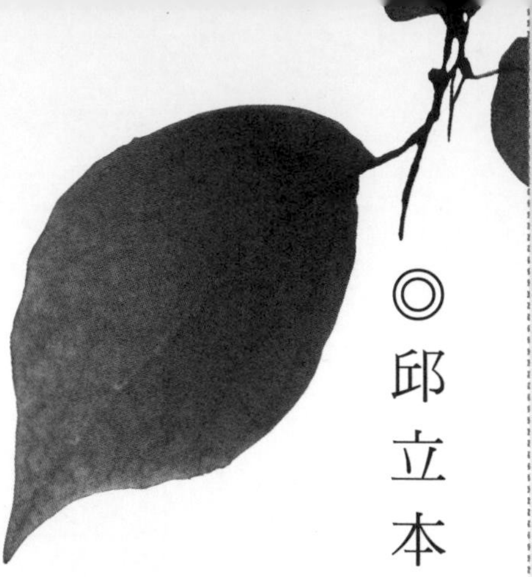

◎邱立本

閱讀的人生與人生的閱讀

人類對知識總有一種「興奮感」。閱讀不是為了考試、拿學位、滿足家長、上司的要求；不是為他人而讀，是為自己在讀。在人類歷史上，閱讀是重要行為；它是一種獨特的「自我教養」，可以改變自己的氣質與知識結構。

閱讀也是改變命運的魔術棒。它是個人對世界的一種「祕密的占有」，沒有人可以剝奪你這種權利。沒有時間、地點的限制。你可以善用夾縫的時間，在巴士、火車上，甚至在廁所裡、入寢前閱讀。

閱讀是一場永不停止的流動盛宴，會不斷地帶來驚喜。閱讀的書單，也許像菜單，有很多選擇，有很多不同的味道。

歷史學家黃仁宇的《黃河青山》，是我不斷在閱讀的書。這本回憶錄探索中國近代史的重大問題，提出為什麼幾百年來工業革命、現代化都出現在西方，而不是在曾經有過驕傲歷史的中國？它的答案是：從明朝開始，中國已失去了以數字管理的能力；而這答案在文化界引起了廣泛的討論。

台灣作家幾米九〇年代的作品《向左走，向右走》也許是甜品，書中描述了城市男女的失落。幾米以他精緻的筆觸和詩意的畫風，照亮了人們的心靈。

有的閱讀主菜可能會燒很久，如《紅樓夢》，青年時讀，壯年時讀，老年時讀，每次感覺都會不同。年輕時看，只關心賈寶玉、林黛玉的愛情故事；中年再讀則看到人情練達，不同角色的待人處事，如何解決人際間的矛盾；暮年看《紅樓夢》心境又不同，往往以大歷史的角度去考慮，從一個家族的興衰過程所反映的社會變化。

我當年很喜歡看武俠小說，它情節曲折，有許多想像空間，甚至為很多人帶來逃避現實的功能。從金庸的《神鵰俠侶》看到楊過與小龍女的命運如此悽慘，最後又那麼悲壯。讀者在閱讀時將自己的感情投射在角色中，代入角色；讀到他們經歷了生與死的考驗，對照自己在現實生活中的煩惱、困難，便不再覺得是什麼了不起的事了，與小說人物相比，又有什麼事不能解決呢？讀後往往出現了感情的昇華，對人生有了新的啟示。這就是閱讀帶來的意外收穫與驚喜。

閱讀也是難以預測的心靈歷程。翻閱第一頁時，不會知道最後感情的終點在哪裡。最初是為了消遣，消遣過程中可能會帶來許多意想不到的收穫。就像一個人揹著背囊，走進一個陌生的國度，一個不知名的驛站。在這個過程中，本來只想發現新的風景。結果，不但發現了意外的景色，而且發現了新的自我。

閱讀也是平等主義的，不論百萬富翁或是寒門子弟，都一視同仁。沒錢買書，可以去公共圖書館。歷史上許多重要人物當年都在圖書館看書，影響全球大半個世紀的馬克思，當年就經常在倫敦大英博物館的圖書館看書寫作。圖書館成了改變全球許多人命運的搖籃，孕育了很多重要的思想。

現在公共圖書館都免費，加上資訊電子化，讀者可以上網查書目，透過搜索引擎，一下子便可知道作者及書的背景。

許多人都說喜歡讀書，但在書海裡卻顯得神情迷惘，這是讀書的方法有問題，「盡信書不如無書」，我們要以敏銳的思維指導閱讀，避免被動，不要被一本書所左右。一本書的推論和結論是否能放諸四海而皆準？作家李敖曾講過：讀書要經常保持很強的「問題意識」，為什麼書中這樣講？來源在哪裡？推理的過程怎樣？結論對不對？看一本書有時也會牽涉到其他書，書中有書，書書相扣。一本書背後有許多其他書的故事，注解、引用的文字，弦外之音都可能來自其他的書。如能順藤摸瓜，抽絲剝繭，一層一層找到它的源頭，那麼你掌控、追溯知識的能力便會越來越強。

我們還可以用比較的方式來閱讀，年輕朋友都喜歡看愛情小說，試將兩本書一起讀，先看瓊瑤小說的一章，再看亦舒小說的一章，比較兩本小說是怎樣表達「我愛你」的。我們會看到兩者的形式、風格、含意完全不同，到底是瓊瑤的作品表達得好些，更令人感動呢？還是亦舒？同樣地，看武俠小說，比較金庸與梁羽生的作品風格有什麼不同，區別在哪裡？梁的小說中有許多詩詞，更有中國傳統文人的味道；金庸用了西方戲劇的寫作手法，常以「連環套」，「戲中戲」，「隔牆有耳」等方式來表達故事情節，刻畫人物。梁羽生受中國章回小說的影響較深，詩詞寫得比金庸更好。

古龍與金庸、梁羽生迥然不同。古龍的寫作背景雖是古代，但朝代卻模糊，是「非歷史」的呈現方式。他的寫作方法很重視心理描寫，作品有點像心理小說，如對楚留香內心世界的刻畫，《流星．蝴蝶．劍》的劇情推展所用的方式，就像是電影的分鏡頭劇本，具有強烈的現代感。如果我們在看書時，不斷地作比較，便會有所啟示，有更多深刻的體會。

閱讀的最高境界，是在於能夠提煉出實際生活的智慧。

有些「書蟲」雖積累了很多知識，但不能夠應用在生活中，不能讓生活更有意義、有趣味，更快樂。這種閱讀便沒有太大意義了。人應該將閱讀當作生命的閱讀，將知識、資訊在人生歷程中不斷的測試，作出驗證。如暢銷書《富爸爸，窮爸爸》，講的不僅是發財之道，而是提供一種生活上的哲學和另類的思考。《誰搬走了我的乳酪？》談人生哲學及做事方法的思考，在迷宮中找尋出路。看書的時候，必須結合書中的內容思考自己的人生，對書中的內容不要被動地接受，應主動的深層思考，思考過程中可能會由一本書牽連到另外一本書，便可觸類旁通。

知識是無窮無盡的，閱讀也是無止境的追尋過程，這個過程有時是很曲折的，好像坐雲霄飛車，起伏高低；有時看到好書和自己的生活有一定聯繫時，會產生一種興奮感，閱讀的人生到最後就會和人生的閱讀結合在一起。這是用生命來閱讀，用生命來測試吸收到的知識；繼而化成生命的智慧，那麼我們的人生就會更豐盛。

每個人的人生，其實是一本自己撰寫的書，是用生命來寫的書，也是用生命來閱讀的書。這也是充滿驚喜的「閱讀的人生與人生的閱讀」。

——選自邱立本先生於2002年4月21日在澳門中央圖書館演講紀錄

賞析

《亞洲週刊》總編輯邱立本是資深新聞人，也是知名作家。他在世界各地「跑」新聞，也在書房裡閱讀時空，閱讀世界。他超愛讀書的，他說，「閱讀是一場永不停止的流動盛宴，會不斷地帶來驚喜。閱讀的書單，也許像菜單，有很多選擇，有很多不同的味道。」

在新聞現場與歷史縱深裡，他總是有獨到的思考。我相信，這和他大量閱讀有關。這篇文章是他對閱讀的深刻體驗，文中透露出他的部分書單和人生影響，例如：歷史學家黃仁宇的《黃河青山》，是他不斷在閱讀的書；例如，經典作品《紅樓夢》「青年時讀，壯年時讀，老年時讀，每次感覺都會不同。」

「每個人的人生，其實是一本自己撰寫的書，是用生命來寫的書，也是用生命來閱讀的書。」閱讀人生，閱讀世界的邱立本在讀書的峰頂，點出最重要的一句話。

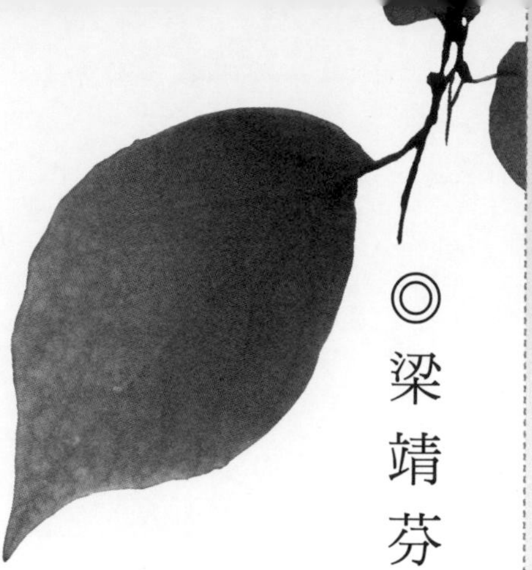

◎梁靖芬

正襟危坐地給老師打電話

正襟危坐地給北京老師打電話，剛聽到他一如往常地喚我小梁，竟立刻平靜下來。老師口音沒變，嗓門仍是那嗓門，語速仍是那語速。

許久沒給老師打電話。似有點在逃避，擔心老師問我成就，問我生活，問我過得好不好。八月，我的老師要來看我了。

每回給老師撥電話，因為都是不善言辭的人，老師大概也體貼著我的電話費，所以總是談得不多。這回也不過談了三分鐘十二秒，卻有三分鐘十二秒的平實。

那刻我下班用過晚餐，換了間小館想要看點書。原不打算開口，卻想起久未給老師打電話。老師剛從外頭回來，現在是北京最冷的時候。有一年寒假，來不及在家裡過完新年，便回到北京上課。每隔一個星期六的下午，我與同門都會到老師家見面。那個下午，大家圍坐在客廳裡討論課業，忽然覺得室內氣溫越漸寒冷。抬頭一看露台，窗外竟靜悄悄落著細細的雪。那天是元宵。

回房以後我捨不得那雪，便又在校園裡逛過一圈。俄文樓前的草地已見不到草了，因夜晚無人路過，平鋪了一層乾淨厚實的雪花。忍不住踩了上去，成了兩排彎彎曲曲、高高低低的腳印。下雪的天空總是紅得發亮。同學說，那是倒映著地面上的光。

我的老師在電話裡說：就想去看看你啊。

畢業以前覺得去一趟北京是容易的事。於是曾告訴那裡的人，一年回來一次吧。現在，三年過去了，去過兩回香港，兩回台北，一回上海，連朝鮮都到過了，卻一次也沒回過北京。

我的老師沉默寡言，不太會主動挑起話題。除非被賦予某種責任。二〇〇二年秋天初到北京，剛安定了兩三星期，老師就約我與另一位同級的伊朗女生見面。大概也是系裡對論文指導教師的要求之一。我們是老師初收的兩個外國學生。老師約我們在學校裡的咖啡館見面，即勺園七號樓，正大國際交流中心裡的小餐廳。我與同學起初很納悶，很擔心老師考我們基本常識，或向我們要求更多作業。結果只談生活。

老師先問我們生活習不習慣，又問了各自國家的一些背景，努力讓彼此情緒緩和，讓氣氛變得平常。可明明就不是習慣閒聊的人啊，我們也太拘謹。老師那天用右肩背了個極為普通的，你我都用過的那種雙肩式背包，走路很快。那時我還能喝咖啡，就一直記得大家攪拌咖啡的聲音。老師說，什麼問題都能找他談。後來我想，那純粹是一次友善的關心，無關系裡的要求。

第一次的客廳討論會上，大家各自談了自己閱讀的書。我記得自己談的是魯迅的《故事新編》與蔣勳的《新傳說》，戰戰兢兢地做了點比較，說了一點讀後感。我真心地喜歡那兩本書。客廳裡大概沒有人熟悉蔣勳，於是無人答話，也無人提出問題。大家有點錯愕，怎麼新來的傢伙沒有一點學術的路子，通篇只是「讀感」。我忘了後來討論的事，只知道自己再也不敢說話。

兩個星期後的第二次，如果依照我筆記本中的紀錄，我談的應該是郁達夫的《蔦蘿行》與魯迅的《傷逝——涓生的手記》中，有關「被遣散者」的思考。接下去的閱讀筆記是，關於「互換他者」身分的探索，這應是為了完成「當代文學與身分認同」這一門選修課的作業。筆記上還注明，是讀陳丹燕《吧女琳達》與王安憶《我愛比爾》的餘緒。

但是在我印象裡，我沒在老師的客廳裡開口說過後來的這兩個課題。往後也甚少在討論會裡說出什麼看法來，大多是聽。聽學姐們與老師的爭辯，然後暗自心驚。

老師應當知道，我從來就是亂讀書的。不知是額外開恩或是寧可放棄，他沒有太要求我與其他同門一樣，做好典籍整理、舊雜誌資料蒐集的工作。但那畢竟是基礎。我心虛，也跟著上了一些課，卻不曾老實下功夫。常感到老師對我的寬容，儘管別人都說他嚴厲。可那幾年真不敢讓老師知道我在寫文章。老師說過不要輕易發表文章，散文更應該等老了再寫——他當然有自己的理由與經驗；好像，也沒想要得到我們的認同。

有一回課後，與老師在未名湖邊散步，偷看老師提著褐色公事包、穿著風衣的背影、散步的挺拔，總讓我想起不煩躁時的夏先生，總能那樣固執而毫不猶豫地走下去。相比於我的不專心與魯莽的思索，那背影顯得莊重，卻讓人心安。但是，當然，誰知道呢。誰知道我的老師是怎樣想的（或許就像——徐四金筆下的夏先生哪有不煩躁的）。我永遠不會知道他的煩憂與躁動。他很多時候總是靜靜在聽，偶爾爭辯時伸著手指、蹙著眉，眼睛老望著地。爭急了，還有點口吃。

八月，趁參與研討會之便，老師要來看我了。放下電話後，我又想起老師的寬容（也許他不覺得是）。還忽然想起這樣的提點——我們太容易陷入一種，出去過了，就以為自己與別人不一樣的境地裡。它的危險性，其實與井底之蛙不相上下。

——選自馬來西亞《星洲日報・副刊》，2009年1月14日

賞析

梁靖芬是馬來西亞作家，畢業於馬來西亞工藝大學科學電腦教育系，二〇〇五年獲中國北京大學中文系碩士學位。現任《亞洲眼》月刊副主編。作品曾獲馬來西亞「花蹤文學獎」馬華小說首獎、小說佳作等。

「八月，我的老師要來看我了。」參加研討會的老師將趁便來看她。有如學生心情的句子，純真的有趣。撥了電話，「這回也不過談了三分鐘十二秒，卻有三分鐘十二秒的平實。」思維超越那三分多鐘，想起上課的種種，靖芬筆力很強，讓「老師」在文字中有如迎面而來。

文末一筆：「還忽然想起這樣的提點——我們太容易陷入一種，出去過了，就以為自己與別人不一樣的境地裡。它的危險性，其實與井底之蛙不相上下。」人外有人，天外有天。視野很重要，否則我們很容易就陷入井底蛙的心態，以為自己看到的天空就是所有的天空了。

◎廖玉蕙

回首純真年代

我的文學養成經驗和大墩（台中）關係密切。

渾然無知的童年被轉學切割成迥然不同的兩種際遇。原本赤足狂奔在稻田、菸樓間的女孩兒，被迫遷徙、流轉到高樓林立的城市。舊有的友朋斷了關係，新城乍現的富麗華瞻，讓目眩神迷的孩童，望之卻步。進退失據的結果，就是躲進書海裡逃避窘困的人際。

小學五年級，母親千方百計將我從潭子的鄉下小學，轉學到台中師範附屬小學就讀。尷尬的年齡，生理抽長和敏感心思的頡抗、拔河，堪稱無日不有之。於是，躲進閣樓裡，藉著作家編織的故事，哀哭、駭笑，和小說、散文中人同悲喜、共愛憎，從小學到高中，幾年之間，由無知幼稚逐漸轉為娉婷善感。

當時的閱讀，堪稱隨性所之，全無章法。

格林童話率先攻占我的閱讀城堡。彷彿是從一位家境富裕的同學處借來的，不知怎的，每則故事裡，幾乎都有一位陰險的壞心腸後母，讓年幼的我在很長的一段時間內，一直生活在唯恐失去母親的深沉恐懼裡；接著，被艾德蒙．丹諦斯和西斯克立夫的復仇火燄所席捲，母親從租書店租借的大仲馬《基督山恩仇記》、愛蜜莉．白朗特《咆哮山莊》中峰迴路轉的情節，讓我們母女二人癡迷不已。對其中所呈現的人性狡詐、貪婪，我未必有所領會，但故事主角的復仇行動，對當時常被同學欺負、被母親雞毛撢子追打的我而言，卻是尋求精神勝利的最好材料。一旦受了委屈，立刻對著閣樓上的鏡子，握拳誓言復仇的決心。

小學六年級時，大嫂進門。知道我酷愛閱讀，為了向我這位小姑表達善意，送了我一本精裝本《小婦人》，這是我首度擁有一本屬於自己的課外書，自然是視若珍寶，愛不釋手的。一個月後，也同樣喜愛小說的大嫂，竟向我提出「以文房四寶換回《小婦人》」的要求。她說：

「反正，你隨時想看都可以跟我借。我實在太喜歡這本小說了！……你考慮一下，不用勉強。」

幾番掙扎過後，在全新筆、墨、紙、硯的引誘下，我悵悵然奉還曾經短暫擁有的藏書，心裡百味雜陳。

瓊瑤小說席捲書肆的年代，正當我初中一年級。小說裡所醞釀的恍惚迷離情調、哀感頑豔愛情，恰恰吻合慘綠少女的傷春悲秋胃口。對浪漫愛情猶然抱持高度憧憬的母親，也被捲入這股流行的狂潮中，她的心情十分矛盾，既欣喜和女兒共享閱讀之樂，又害怕大量的課外閱讀將摧毀我體制內的遠大前程。這種既是好姊妹又是監察官的腳色，讓她左支右絀，顯得狼狽。

接著，在台中女中的圖書館裡，我發現了廣闊的新天地。

夏綠蒂的《簡愛》，是我在女中圖書館借閱的第一本書。夏綠蒂早慧憂悒的抒情風格，飛快地虜獲了我的視線。尤其是男女主角邂逅時的惺惺相惜和欲迎還藏的纏縛情愫，既描摹了破滅與絕望之苦，又道盡灰飛煙滅之後復合的狂喜，令人盪氣迴腸。身世坎坷的簡愛，靠著堅強的意志克服環境的艱難，完成學業並找到家庭教師的職務，與年長她近二十歲的桑菲德主人洛查斯特先生展開一段驚心動魄的愛情。我立即在小說人物中找到寄託，初中一年級時，便決定了當老師的志願，打算踏著簡愛的足跡，和她一樣，邊教書，邊尋找生命中的最愛。而圖書館裡這臨窗一坐，悠悠便是數年。一本又一本的小說在指尖翻過，西方文學經典如瑪格麗特・米切爾《飄》、托爾斯太《安娜・卡列尼娜》、珍・奧斯汀《傲慢與偏見》、司湯達《紅與黑》、梅爾維爾《白鯨記》、托爾斯泰《戰爭與和平》……；中國民間故事與古典傳奇如《白蛇傳》、《紅樓夢》、《東周列國志》、《三國演義》、《聊齋》……；乃至台灣現代文學如林海音《城南舊事》、張秀亞《北窗下》、於梨華《夢回青河》、聶華苓《失去的金鈴子》……，日日，我俯瞰書裡乾坤，仰望窗外白雲，編織美夢、打造未來。為了文學中人物的愛恨怨嗔，我無心課業，在課堂上，懸念圖書館內男女主角的悲歡離合，以致課業一蹶不振；因為看多了奇情的愛情小說，我學會了裝腔作勢，一直到適婚年齡，仍堅信並取法言情小說的談情說愛模式，遲遲不肯回到現實人間。

高中之後，學校圖書館的藏書已經難以饜足我的需求，但經濟狀況又不容許我購買課外讀物，除了持續向街角租書店靠攏外，下課後，我急急衝向中央書局，站在書架前翻閱，一站，往往就是一整個黃昏。蠶食鯨吞的結果，終於在離開台中後十八年的某個春日開花結果，我開始提筆寫作，一發不可收拾地出版了三十餘本書。熟悉我寫作題材的讀者，或許可以從中看出當年文學啟蒙的蛛絲馬跡。我的閱讀從西方文學開端，穿越古典的藩籬直達當代的台灣；我一直偏愛有情節的小說，所以，即使選擇散文寫作，筆下常不自覺流露班雅明所謂的「說故事人」的觀點，期待喚起我們曾經珍惜的社群互動關係。我也深受狄更斯的影響，篤信：

「在黑暗中受苦難的人，沒有悲觀的權利，但一定要保持純真的心，對生命抱持希望。」

就是這樣的信念，造就了我樂觀的性格和一貫的作品風格。

在台中求學的七、八年間，原本是我人生歷程中最為苦悶的階段，人際疏離、課業崩毀，在聯考緊箍咒的挾持下，幾乎無力撐持。幸虧有文學一路陪伴、相挺，苦悶抑鬱的心靈，才稍稍得到紓解，我必須坦承：從閱讀中，我得到高度的救贖。直到如今，閱讀仍然帶給我極大的快慰，我們彼此不棄不離，關係纏綿繾綣。從純真年代到滄桑中年，閱讀的快感永遠是我生活中最美好的記憶。

——選自《大墩文學》，2006年5月

賞析

童年的轉學，讓原本赤足狂奔在稻田的女孩，在不安中躲進書海裡，逃避窘困的人際。這篇文章是廖玉蕙文學啟蒙的歷程，讀者隨著她翻越西方文學開端，穿越古典，直達當代的台灣。

「幸虧有文學一路陪伴、相挺，苦悶抑鬱的心靈，才稍稍得到紓解，我必須坦承：從閱讀中，我得到高度的救贖。」從純真年代到滄桑中年，廖玉蕙在閱讀中成長，也構築了生活中最美好的記憶。

廖玉蕙深受英國文學家狄更斯的影響，篤信：「在黑暗中受苦難的人，沒有悲觀的權利，但一定要保持純真的心，對生命抱持希望。」這是廖玉蕙的樂觀的性格和一貫的作品風格，閱讀她的作品，感受到時光與智慧的堆疊。

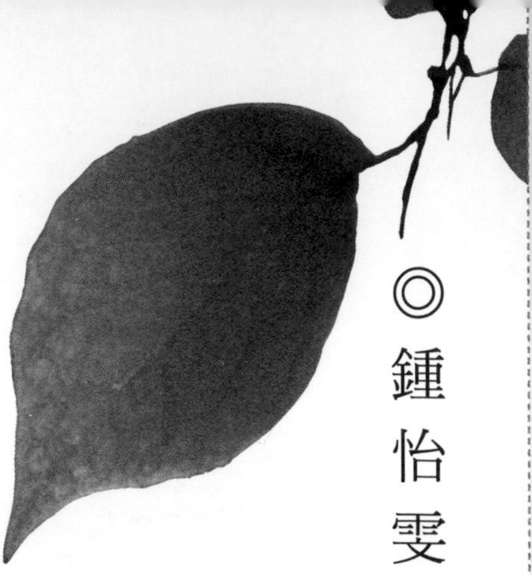

女生的願望

◎鍾怡雯

從小我就想當男生，非關性別歧視，非關大人期望。大人原來非常渴望頭胎是男的，因為父親沒有兄弟，長孫要是男生，大家都會鬆一口氣。可惜不是。期望落空的大人雖然有些失望，不過，畢竟是鍾家在馬來西亞落地生根的第四代第一個新生命降臨，大家還是歡歡喜喜的「迎新」。況且我的落點不錯，剛好在華人新年前三天，喜上加喜。滿月時，祖母帶著未婚的四個姑姑醃喜氣的紅薑紅木瓜絲，染紅蛋，整個村子挨家派送。那時從廣東梅縣南來的曾祖父母還健在，母親說她每天得把我抱給兩位八十好幾的老人家看，行動不便的兩佬非常疼愛我。

阿秋阿芬就沒你好運。母親搖頭，那時一聽又是妹，大家都不講話。阿美一生出來，我自己就先哭了。叫阿尾（美跟尾同音），還跑出阿珊，柵（關）都柵不實，還有阿蘭。好采（幸好）攔得住，不然我要跳河了。我沒有你大堂嬸那麼勇，一連生七個女兒，還敢博（賭）出兩個兒子。這些話母親反覆講，我簡直倒背如流。不太高興的是小妹，她把過錯全算到小弟身上。都是阿偉害的，叫我阿蘭，俗氣得要死，賣豆花，賣豬肉的全叫阿蘭，豆花蘭豬肉蘭滿街都是，你們還敢叫我好婆（愛美）蘭。

性別會牽扯出一連串笑淚夾流的心酸史，婆媳妯娌的家族故事。不過，這些並不影響我的選擇，我想當男生，完全是自己的主意。大概四、五歲，跟男生打架開始；懂得家以外，有一個無限大的世界特別迷人之後。這輩子當不成，下輩子。如果有下輩子。

我並不愛鬥狠，打架實非得已。架打輸挨了揍，回家還得再吃一頓雞毛帚，連本帶利，怎麼算都划不來。祖父和父親在礦湖工作，一周回來一兩天，祖母看不見，忙裡忙外的母親最怕小孩生病或出事，因此母親給我們的「野」是有固打（quota）的。爬樹、打架、近水邊全在禁止之列。爬樹和玩水都很迷人，打架嘛，誰願意皮肉骨受傷呢？然而總有玩過火了，被挑釁，逼到嚥不下那口衰氣時，推對方一把，如此一來一往，弄假成真。打架的對象都是平常一起野的夥伴，玩得起勁一時口無遮攔。那些玩笑話踩到我的痛處。

譬如那三兄弟。老么嘴上總掛著濁黃的鼻涕糊，袖子永遠抹得黃綠黃綠，有時他吸不回去那勢如破竹，挺惡心的伸出舌頭舐掉。有一回我們找「豹虎」找到同一叢灌木裡。豹虎是一種會打架的黑蜘蛛，抓公的，母的沒有「鬥」志。上品是頭大身小細腰身，兩支長長的威武前腳，一見到對手就擺好挑釁架勢，撲上去準備幹架。一個火柴盒收一隻，鋪片綠葉，吐點口沫餵牠，讓牠乖乖聽話努力廝殺。

那陣子連做夢都夢見尋獲天下無敵豹虎王，做掉所有對手，夢裡得意快意的笑，嘿！打遍天下無敵手的滋味真好，即使只是做夢。對豹虎著迷的幾乎是男生，我是那少數執迷不悟的女孩，他們很不以為然。丟沙包，抓石頭，跳房子，或者拋汽水蓋才是女孩的事，學男孩子抓什麼豹虎嘛？只要我的豹虎讓對手落荒而逃，鄙夷的嘴臉立刻就出現。我踩到他們的地盤和薄弱的自尊，撈過界了。

那天三兄弟和我碰到一起，先就有了較勁的意味。我和鼻涕蟲幾乎同時發現番石榴葉背面那隻好傢伙。黑眼金星，好大一隻。你搶我奪之際，牠趁隙逃走了。兩人都不爽，互嗆對方。本來沒動手，他叫我讓開，行開！死妹仔。歧視的語氣極差，斜眼兼白眼，手肘揮一下。擦槍走火就在一瞬間。我第一次打架，一團亂。拉扯，痛，而且臭。他身上有水溝的味兒。他還朝我吐口水。同妹仔打架，你有無搞錯？被他哥哥拉走時，撂下這句惹火的話。一顆石頭從他們耳邊擦過，氣壞的手丟偏了。惹來一場更凶猛的扭打。我打輸了。

這就是當年我想當男人的理由，非常無志氣。非常不女性主義，非常之，孬。

——選自《中國時報・副刊》，2007年

賞析

鍾怡雯在馬來西亞出生長大，寫得一手好文章，目前在台灣教書。這篇文章寫出她童年時期的生活。馬來西亞有許多華人，當地保留了許多華人傳統文化。例如，孩子滿月時，「祖母帶著未婚的四個姑姑醃喜氣的紅薑紅木瓜絲，染紅蛋，整個村子挨家派送。」

文中提到她在馬來西亞童年玩的遊戲，在灌木叢裡抓「豹虎」，那是一種會打架的黑蜘蛛，馬來西亞孩子時興要抓「公」的，覺得「母」的沒有「鬥」志。「那陣子連做夢都夢見尋獲天下無敵豹虎王，做掉所有對手，夢裡得意快意的笑。」一語道出童年的想望和天真。

鍾怡雯的俠氣也常在她生活中顯現，那是不分男女的俠氣，只管公義，看她這篇文章，想到她談到有一次在工作上審預算，執著公道，言談中，彷彿看到她手上那隻「天下無敵豹虎王」。

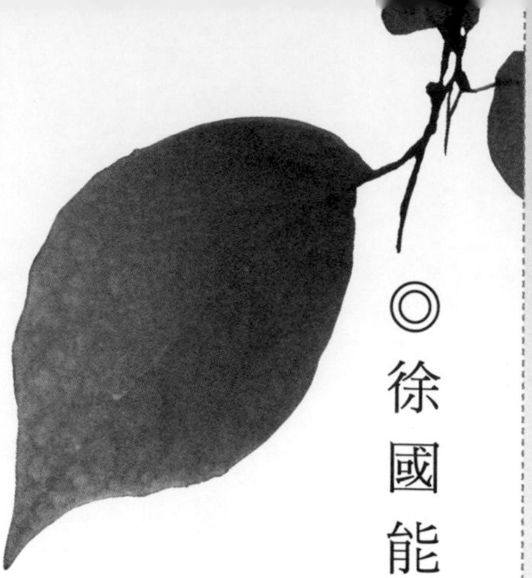

繞一條比較遠的路

◎徐國能

前些日子看了一部極有趣的電影《喜馬拉雅》，描述高原生活與貿易的艱困。影片中有許多發人深省之語，一位喇嘛對他的弟子說：「當你眼前有兩條路時，要選擇最困難的那一條」，這話表面上違背人性與常理，但深思後則覺得其中真有另外一番智慧。

我曾經聽過一場有關經濟原理方面的演說，演講的是一位著名的經濟學者，他很有信心地表示：世界上的一切行為，都可以用經濟學來解釋。譬如，他說我們每天出門回家，幾乎都走同一條路，那就是因為，人們都在避免因為另一條路的陌生所帶來風險，以及要去探勘一條新路徑所要付出的時間與精神成本。我聽了是深以為然。

不過，話雖如此，有時我在往返中，偶爾喜歡繞一條平常不走，而且比較遠的路。

避開了熟悉的紅綠燈，避開了必然經過的那幾爿小店，繞一條比較遠的路悠悠恍恍，引領著我瀏覽另一種風景，說是風景，其實在都市裡，任何一條街巷都是大同小異的公寓門面與水泥圍牆，不過繞一條遠路，就是換了一種心情，刻意讓自己去承擔經濟學家最擔心「風險」，或是很奢侈地浪費掉經濟學家十分在意的「成本」，於是我便像一個大富翁般，享受著人間的浮華，卻不計較收支裡面的營利。這樣的心情底下，土土的樓房好像活潑了一些，水泥牆也有了一些風情，如果能在這條路上遇見一棵上了年紀的榕樹，或是聽見某家窗間傳來悠揚的琴聲，那就算一筆意外之財了，如果願意停停腳、抬抬眼，用不同的角度觀察一下西天的流雲夕暉，那便是更深一層的喜悅。

而文學何嘗不是繞一條比較遠的路，在迂迴間去激發一種沉澱在濁世中的情韻，逗留一份遐思。那陸游所說的「山重水複疑無路，柳暗花明又一村」雖然成了一句俗語，但詩中的「疑」字、「又」字，卻也說明了在陌生的環境，心情或怕或喜的頓挫跌宕，這是終日行在一條相同的路上，所不可得之的人間趣味。又如那找到桃花源的武陵人，不也是在「忘路之遠近」的意境中嗎？因此一部《桃花扇》，並非「亡國之痛」四字而已，而《水滸傳》中的一百〇八條好漢，也不能被「替天行道」一語概括。是故當我們沉浸在一首短短的絕句裡，我們的心也可以散步到很遠的地方，去撿拾秋夜裡落下來的松果，或是隔著水晶簾探望一泓寒清的月色，因為在當時，詩人們必都繞了遠路，來到了這些縹無行跡的意境，完成了藝術或是人生的巔峰。

在我們的生活裡，必然存在著兩條路，比較便捷的，比較迂遠的，時間追趕我們，生命匆匆，我們總是奔馳在便捷的那一條路上，永無止息。如喇嘛所說的去選擇一條最困難的道路，那或許需要一些宗教的情操與勇氣，然而能在平凡的日子裡，經常優閒地繞一條比較遠的路回家，那不啻是一種福緣，更需要勘透人世的深智廣慧。

——選自《第九味》，聯合文學，2003年

賞析

徐國能的散文像他的外表一樣，有一種安適的優雅。信筆寫來，看似平常，卻處處令人驚喜。如徐國能所言，人生道路上，大約總是有著兩種路：便捷的，迂遠的兩種路。我們總是奔馳在便捷的那一條路上，永無止息。

隨著徐國能繞一條比較遠的路，他的觀察細膩，果然見著不一樣的風景。這時，只見他筆下一轉：「而文學何嘗不是繞一條比較遠的路，在迂迴間去激發一種沉澱在濁世中的情韻，逗留一份遐思。」這正是「山重水複疑無路，柳暗花明又一村」。生命是一個發現的旅程，隨著年紀增長和閱歷，人生風景也有所不同。

選擇路途，需要謹慎和勇氣。有時候，「能在平凡的日子裡，經常優閒地繞一條比較遠的路回家，那不嘗是一種福緣，更需要勘透人世的深智廣慧。」

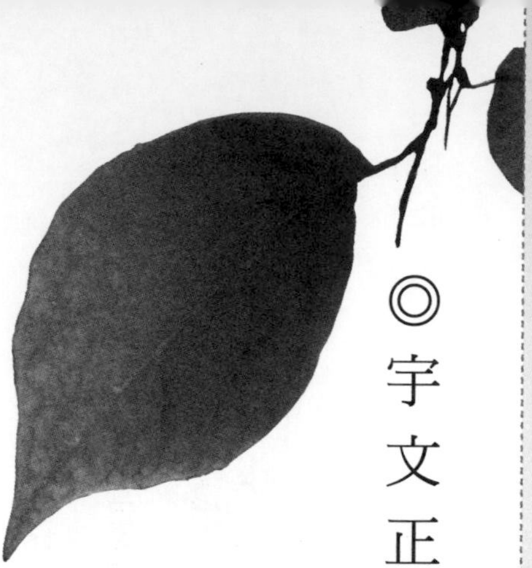

◎宇文正

筆

我坐在咖啡屋裡寫稿，不遠處也有個女的正埋頭苦幹，簡直可以說是振筆疾書！我看得口水都要流出來了，好想走上前去，請問她：「妳的那支筆是什麼牌子，怎麼那麼好寫呀？」

為什麼我就買不到一支好筆呢？我手上的這一支——哎，不提牌子了，才寫不到兩頁，就從深藍褪成淡淡的天藍色，簡直得用力的畫才顯得出字跡！

筆、筆、筆！我總是在買筆！

前一份工作在台視附近的一個文字工作室，我每天下班時要轉進社教館對面的小巷子裡買甚為可口的雜糧麵包，然後回到八德路上搭車，就在轉角處，經常有位坐著輪椅的年輕小姐販售一些零碎商品，抹布、面紙、原子筆之類，每包一百元。我總是買筆，一包有六支，四支藍色，一支紅色、一支黑色。

她一、兩周來一次，我每一次都買筆。我不能想像家裡堆積著一疊抹布，自己並不是那樣潔癖的人，抹布一兩條就夠用很久了，而且抹布從來不會搞丟。面紙的大量使用有違環保，我到現在還有帶手帕的習慣，因為手心易流汗，有時跟初見面的人談話，握著手帕，總讓人以為我很緊張。

唯有筆是我永遠缺乏的東西。不知道自己怎麼搞的，走到哪，東西就丟到哪。何止筆！小時住暖暖，多雨，出門老要撐傘，放學時天晴了，我媽一見我進門就問：「妳的傘呢？」「啊——」我永遠是一張恍然大悟的表情。我爹只得用血紅色油漆在雨傘上寫下我的大名，弄得全校師生無不認得我的傘，和名。

別的女人永遠少一件衣服，而我，永遠少一支筆。家裡，餐桌上、茶几上、櫥子上、電視上、鞋櫃上、咖啡機上……只要是表面平坦可置物的地方，就可能放上一支筆。可是每有朋友打電話來要我抄下什麼重要住址，我卻還是常常抓不到筆，就算抓到了，不是斷水就是變成天藍色，畫個半天才寫得出一行字。

買筆有理，我向那位坐輪椅的小姐買了一包又一包的原子筆。我告訴自己，如果連一個從事文字工作的人都不肯買筆，教天下製造筆和賣筆的人如何生存？

可是買得的筆，不逃寫沒幾頁就品質不良只得丟棄的命運。我又安慰自己，路邊買的東西就是這樣子，這不怪賣筆者，該怪的是製造筆的人，我和她都是無辜的受害者啊。

除夕前在冰冷的雨天裡，我又遇見那位坐輪椅的小姐，她向我甜甜一笑，大約知道我又會向她買筆。可是一轉念，不知怎麼，我忽然想今天不要買筆了，買包抹布吧！「抹布！」我說。她臉上閃過一絲驚喜，「過年到了！」她說，她一定認為我是要買回去大掃除用的，於是向我推薦還有一種更大條的抹布，很好用，也是一包一百元，兩條。「好，大的。」我接受了她的推薦，拿了就走。

也許過去一貫只買筆，讓她覺得那是一種施捨（什麼人會需要那麼多的筆呢？），所以非常高興我購買別種比較「實用」的商品吧？

其實在說出「抹布」兩個字之後我就後悔了，我實在並不需要抹布，我需要的還是筆啊！可是我不想在她面前猶豫不決，也許是無法面對那一張明朗的臉。

坐著輪椅在這樣的寒風裡等待路人買筆或抹布，這樣的畫面，無論如何都是令人難過的，而過完年我就要離職，不再在那一帶轉來轉去，不知道今後還會不會再遇見她，這亦使我感傷。

我想人在面對所謂的殘缺，不免感到不安，雖然自己擁有完好的四肢也未見得比她開朗，卻還是不安。沒有道理我健步如飛，這一個可愛的女孩卻必須坐輪椅，買再多的筆也沒法擺平自己在面對她時的忐忑。

不見那位坐輪椅的女孩沒多久，我又開始四處找筆了。在店裡買筆，心態上認為自己買得的筆，應該可以「從一而終」了吧？這時才發現，原來到處的筆都是這樣子的，坐輪椅的女孩賣的筆並沒有比店裡糟，這是怎麼一回事呢？現代製筆的技術退步了嗎？我好想到處問人：請問你用什麼牌子的筆？

或許現代人根本是不買筆的！因為使用電腦。我得買筆，也只因為這陣子不方便在家裡寫作，又沒有筆記型電腦。筆的製造，大概真的是晚霞工業了——每支筆，外表好看，那麼不經寫！

曾經跟一位中文系教授談起電腦寫作，他說其他文類還好，唯有詩，詩是沒有辦法用電腦寫作的！他指的是寫作的感覺問題，詩心從筆尖流出，才見靈動。

近來偶也寫詩，有一首詩為了區別兩度空間，我用不同的字體來表達——細明體和標楷體自由轉換。我想到那教授的話，這一點是古典形式的「筆」無法辦到的了。

從前的寫作，手寫的稿，到印成「鉛字」時必須經過轉換，所以常有人說：看到自己的作品變成鉛字印出來，感覺好興奮哪！現代用電腦寫作，一出手直接就是印刷字體，那興奮感沒有了，可是也開啟了不同形式的創造。

從前看過一幅漫畫，好像是「寫作者」之類的標題，畫面上，有一支蘸水筆穿過人的手心，筆跟人的手血脈相連，筆尖流出的自然就是人身上的血了，圖象的意涵不言可喻。

不知道那幅漫畫，如何轉變成今日的創作形式呢？人腦與電腦如何從畫面上串連？古典形式的「筆」轉化成電腦的哪一個部分？鍵盤？還是印表機？

人力都研發電腦及周邊產品去了，怪不得製造不出一支像樣的筆！可我坐在咖啡館裡，仍舊需要一支流暢不斷水的筆啊！

遂回到一個更古典的時代。重新找出九年前在波昂買的一支萬寶龍鋼筆、找出僅餘半罐的墨水瓶（不記得是當年寫掉的？還是蒸發掉的？），灌飽墨水，在紙上畫出優美的，不斷水、不變色的線條。

思緒隨墨水浪跡更遠，回到那個堅持以鋼筆寫字的少女時期。我用鋼筆寫過一封又一封的信——滿滿鋪陳我當年引以自豪的瘦金體筆跡，「我從沒見過比妳更喜歡寫字的人。」他說。驀然想起，那收信的人，已不在人世……

——選自《顛倒夢想》，九歌出版社，2003年

賞析

從買筆、用筆，到筆與人心的聯結，作者宇文正心中有一隻流轉的筆，在時空，在生活裡書寫。

有些寫作者喜歡以筆寫字，感受心思從筆尖流出，才見靈動。電腦時代，古典形式的「筆」轉化成了電腦的鍵盤。不過，依然要心手相連才能寫出好文章。

書寫是作者心血的結晶。如同宇文正所看過的一幅漫畫：「一支蘸水筆穿過人的手心，筆跟人的手血脈相連。」因此，無論是習慣在電腦上創作，或是以筆書寫，「心」才是最大的動力，「心」才是時光中真正的筆。

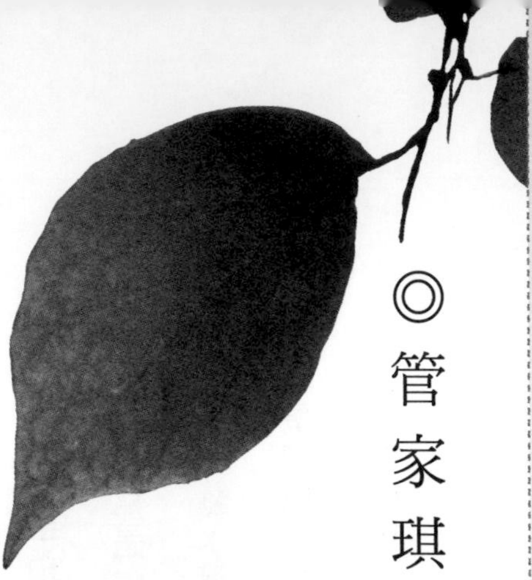

紙比人更有耐性

◎管家琪

儘管我專職寫作也快二十年了，但我一直覺得我的寫作生涯其實是從小學五年級就開始的。那一年，我開始寫日記。

我是家中唯一的女孩，上有一個哥哥，下有一個弟弟，我就像一個夾心餅乾被夾在中間。人家都說獨生女是最受寵愛的，我卻從來沒有這種感覺。父母雖然也都是知識分子，理論上也認為不應該重男輕女，然而「知易行難」，生活中我還是處處感受到了差別待遇。

從小學高年級開始，我就老喜歡往外跑，找盡各種理由賴在同學家，能不回家就不回家。反正在家也老是挨罵，老是莫名其妙地充當媽媽的出氣筒。我從很小的時候就開始對所謂的「我是為你好」這一句話感到懷疑，日後等我長大，我更加覺得這句話往往只是一個藉口，讓大人來合理化自己對孩子的暴力言語或暴力行為；我也覺得很多大人往往只是表面上像一個大人而已，內心實際上還是一個幼稚任性的小孩，無力應付處理或承擔成人世界中的種種壓力。

碰到這樣被困在大人身體裡的小孩，不難想見日子一定不好過。爸爸是高階公務員，從小我在物質方面沒吃過什麼苦頭，可是在精神上卻總是很壓抑，也確實經常受到委屈。當然，我也不能對父母多所責怪，每個人都有所限制，他們畢竟也把我撫養成人，也供我到大學畢業，已經是相當盡責了。有時我也會想，也許我和父母之間就是比較無緣吧，否則為什麼老師和同學的媽媽都挺喜歡我，也總誇獎我，而在父母的眼裡我卻總是那麼一無是處？

我的心裡總有好多好多話，就算能經常和好朋友傾訴仍嫌不夠……

就在這時，我看到了一本書——《安妮．法蘭克的日記》。安妮．法蘭克是一個不幸的猶太少女，為了躲避納粹的迫害，她和家人等一共八個人不得不躲藏在「祕密之家」中。那是一個位於辦公室頂樓極為狹小的空間。他們在這裡躲藏了兩年，不能大聲說話，不能大聲笑，不能拉開窗簾讓陽光照進來……雖然真實的生存環境是如此令人痛苦，但是安妮仍然每天自修，夢想有一天還能再回到學校，每天看身邊僅有的一些課外書，並且每天寫日記！她還為日記本取了一個可愛的名字，叫作「凱蒂」，每一天的日記都是以「親愛的凱蒂」為開頭。

安妮在剛開始寫日記時，曾經引述過一句話——「紙比人更有耐性。」這句話令我受到很大的啟發，於是，我也開始寫日記了。

我持續不斷地寫日記，一直到大學二年級以後才漸漸變成「札記」，不再是天天寫了。

回首少年時期，我深深慶幸自己擁有寫日記的習慣。每個人都需要自我空間，而日記就是一個完全屬於我自己的空間，我自己就是唯一的讀者。靠著寫日記，我不但撫平了青春期種種叛逆的衝動，也因為不斷記錄自己的不平、困惑、所思所感乃至讀書心得，也才總算得以身心健康地成長。長期以來，我就是靠著寫日記來不斷地自我安慰和自我打氣。

多年以後，我成了一個兒童文學作家，雖然我從來不想刻意在作品中加入什麼所謂的教育性——開玩笑，小孩子挨的訓話難道還會少嗎？更何況這個世界最不缺的就是那些所謂的大道理了！——但是不可諱言，作品是作者個人風格的一種延伸，作者的人生觀、價值觀還是會很容易就從筆端很自然地流露出來，而每當偶爾重讀自己的作品，我也會發現一些是不自覺地流露出來的想法，而且很多都是很早以前我在日記本中就真實描述過的感觸。

比方說，我有一篇短篇童話〈從現在開始〉，經過編輯改寫被選為大陸人教版二年級下學期的語文課文，很多人都說這個故事很有趣，可其實我在這個故事中所隱含的主題是童年時期心中的「吶喊」和抗議——鐘鼎山林，各有天性，父母為什麼總要拿單一的標準來要求所有的孩子呢！

如果你也有寫日記的習慣，而且是不需要交給家長或老師看的日記，你就是一個有福的孩子。在成長的道路上，如果沒有一個可以交流的大人難免會很辛苦，但請記住「紙比人更有耐性」，我們還是可以、也應該做自己最好的朋友。寫日記能帶給我們多方面的助益，所謂「鍛鍊文筆」、「提升作文能力」等等，不過只是其中很小的一部分罷了。

賞析

猶太少女《安妮．法蘭克的日記》啟發了青春年少的管家琪，因而她在少年時期，也開始養成寫日記的習慣，記錄自己的不平、困惑、所思所感乃至讀書心得，撫平青春期種種叛逆的衝動，自我安慰、自我打氣，讓身心健康地成長。

如管家琪所言，她是一個有福的孩子，在青春時光裡，找到一個抒發的自我空間。她說：「在成長的道路上，如果沒有一個可以交流的大人難免會很辛苦，但請記住『紙比人更有耐性』，我們還是可以、也應該做自己最好的朋友。」

認識管家琪二十多年，有一次在旅程中和她聊了七天七夜，還是有很多話說不完。她是率直認真的人，保有了純真與愛，總是坦言真情，難怪她的文章受到很多讀者歡迎。

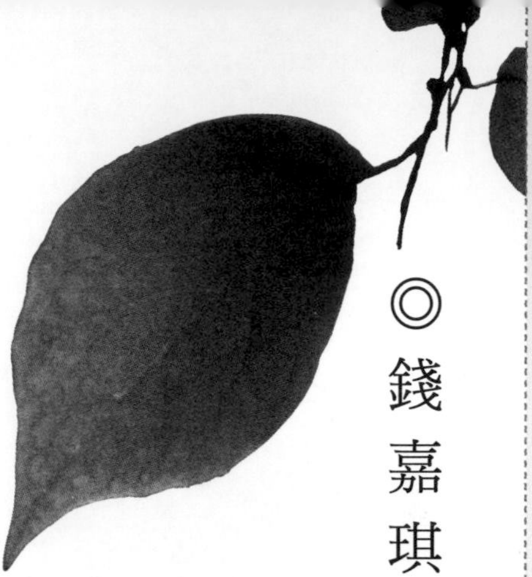

◎錢嘉琪

大隻雞慢慢啼

——御廚阿基師的故事

鄭衍基曾先後為蔣經國、李登輝、陳水扁三任總統掌廚，因而贏得「台灣御廚」封號。很多人不知道，「御廚」這個榮銜其實是他自己爭取來的，早在十一歲的時候，鄭衍基已經確立想當廚師的人生志願。

當時社會上還不流行生涯規畫，少年阿基師卻默默在心裡為自己畫好人生藍圖，為了貫徹這個志願，他鬧過家庭革命，曾經離家出走，阿基師說：「我很早就清楚知道，上學不會讓我快樂，當廚師才能充分滿足我的成就感。」

鄭衍基從小喜歡下廚，個頭不夠高的他，在腳下墊個小板凳，站在爐台前賣力煎著荷包蛋，為了把蛋煎好，他一次又一次在鍋裡打下雞蛋，經過八次失敗的作品之後，鍋底終於躺臥一枚完美的荷包蛋，阿基師回憶：「那比考了一百分還要High！」

但當廚師不僅止於煎出一百分的荷包蛋。十五歲時，鄭衍基被介紹到廣州飯店當學徒。從學洗碗刷地、洗餿水桶開始，整整做了八個多月，卻連爐灶、砧板都靠近不了。鄭衍基個頭小，讓他在學習過程中，比別人多了一些危險性，又因為他不是廣東人、不會說廣東話，讓他的習藝生涯充滿挫折。

拿每個廣點師傅都要會做的叉燒包來說，他的師父一直不肯把技術教給他，逼得鄭衍基最後只好「偷師」，他佯裝手邊忙著其他事，但盡量挑一個不會影響視覺的角度，默默觀察師傅的動作，硬記在腦海，等到夜深人靜再摸索試做。因為技術是「偷」學來的，一個叉燒包大概總要經過十幾次失敗、修正，才能蒸出像樣的成品。

鄭衍基雖然很早就確立志向，但他的成廚之路走來並不順遂，光出師就比別人多出一倍時間，足足花了八年之久。機運比不上別人，鄭衍基靠勤勞可靠換取信任和機會，平日空班的時間，同事們去打牌吸菸嚼檳榔，只有他把晚上訂席的單子攤在桌上研究，模擬師傅如何安排出菜。平日也盡量爭取工作做，他還養成記筆記和剪報習慣，隨時隨地把看到、聽到、想到的東西，密密麻麻記在一個本子裡。這個習慣一直保留至今，即使做了大廚，打開阿基師的抽屜，仍然可以一眼看到一本黑色筆記本，裡面寫滿他想到的點子和蒐集來的資料。

他隨時隨地都在做準備，鄭衍基在自傳《樂在廚中》裡提到：「一個人的成功，不一定要來的太早，過程把它走穩，才是比較踏實的做法，老是觀望未來會有什麼成果，其實是沒有意義的。」當他在職場上受挫，好幾次升遷機會都輪不到他的時候，內心當然有挫折，可是他總是這麼說服自己：「沒有機會，我就一直調適自己，以時間換取空間，讓我可以一直保存活力下去，沒有機會沒有關係，賺不到錢沒關係，我拚命學東西。」

阿基師認為，烹飪是一條沒有終止線的道路，因此他一直在學習當中，學中菜、日本料理，也學西餐、香料、泰國菜，「偷師」別人的長處之外，也為烹飪找靈感。除了充實廚藝，廚房周邊的林林總總，從成本控管到溝通技巧，也都是他的學習範疇，阿基師經常勉勵後輩：「不要怕機會不來，該怕的是機會來臨了，自己沒有準備好，讓它白白溜走。」

傳統中菜廚師做得一手好菜，卻多半開不了口，阿基師是少數例外，他的口才流暢讓他上到電視效果十足，這一口「說菜」功力，也不是天生就有的，阿基師曾為了加強自己的表達能力，自願在文化大學推廣部授課，鐘點費雖然不多，久而久之卻練就他日後的好口才，也為自己鋪好走上螢光幕之路。

阿基師的辦公室裡掛了一副他用毛筆寫的對聯：「在禁忌中要展現勁骨，於高天外能展現風範」。他用這兩句話砥礪自己，不論飛到多高都要保持身段的柔軟和低調。當初應邀上電視，別的廚師喊出五千元一道菜的高價，阿基師為了學習螢幕經驗，即使製作單位只能出三分之一價格，也欣然接受。

正因為不計較，配合度又高，身段柔軟的他，累積了豐富的經驗，當一切水到渠成的時候，這隻年輕時總是慢啼的大隻雞，終於一鳴驚人！

賞析

錢嘉琪是作家，也是記者。她曾在聯合報系的《民生報》主跑餐飲線十八年，「閱讀」台灣的食物與生活。許多餐館的大廚都在她的筆下和讀者一一見面。

鄭衍基是錢嘉琪推崇的大廚之一，她近身觀察鄭衍基，光成廚之路就比別人多了一倍時間，足足花了八年之久，雖然機運比不上別人，鄭衍基靠勤勞可靠換取信任和機會，印證了台語那句俗諺：「大隻雞慢慢啼」，也就是大器晚成的意思。

最難得的是，阿基師的辦公室裡掛了一副他用毛筆寫的對聯：「在禁忌中要展現勁骨，於高天外能展現風範」，成名之後，阿基師仍是虛懷若骨。嘉琪寫道：「這隻年輕時總是慢啼的大隻雞，終於一鳴驚人！」譬喻精采，一語點出阿基師的心路歷程。

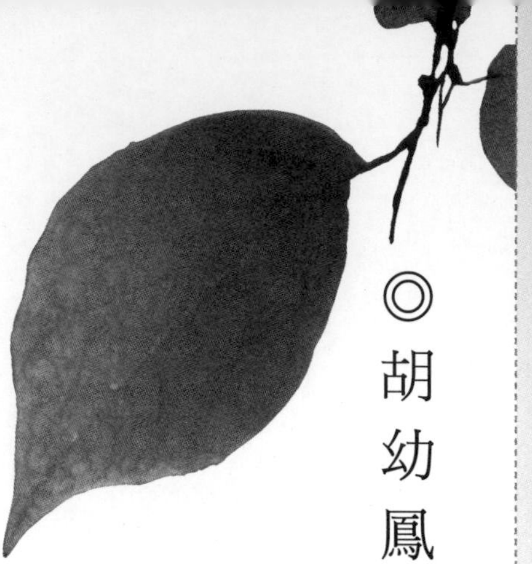

楊恩典 以腳開飛機

◎胡幼鳳

個頭嬌小的口足畫家楊恩典，她有雙靈巧的腳，不但寫字作畫、化妝、炒菜、包水餃、抱小孩、洗衣、包尿布、打手機，還會開汽車、開飛機。

常常在她應邀去演講時，主辦單位都會安排學生們學習她用腳來做事、畫畫，她最常表演的是用腳互穿襪子。每次小朋友爭相上台學她，常常滿身大汗都穿不好。有位小朋友問：「可不可以用嘴巴幫忙？」她還會開玩笑說：「如果你不怕鹹魚味，我不介意啊！」

三十多年前，天生無臂的她出生沒多久，傍晚時被遺棄在岡山菜市的肉攤上，幸而被富有愛心的六龜育幼院創辦人楊煦牧師夫婦收養。楊牧師疼惜她，說她擁有上帝的恩寵，天生無手，免其勞役，取名「恩典」。楊師母也視她如己出，為了訓練她用腳自立，還用心揣摩並親自示範如何用腳刷牙、洗臉，連她感冒鼻塞都用嘴為她吸出黃稠鼻涕，在她上學時，都安排育幼院的其他孩子坐在她附近照顧她。

她有嚴重畸型的長短腳，真正能做細緻動作的只有左腳，長期用左腳，使她有嚴重的脊椎側彎，一生都和此病為伴。十三歲時她動了脊椎矯正的大手術，身上綁著六十公斤的沙包，還打上鋼釘，在冰冷的鐵床上躺了三個月，她毅力驚人，猶如親身體驗耶穌釘在十字架之苦。

她不愛念書，楊牧師發現她有繪畫的天分，就陪她四處訪求名師學畫，她十七歲時拜在楊鄂西老師門下學畫，但學畫的第一天就遇上難題。老師住的大廈門鈴設在壁角高處，她的腳根本搆不著，在門口踱步等了半小時，才等到一名路人幫她按門鈴進了門。後來她每次出門都在皮包裡放一支筆或筷子，來幫忙按門鈴。

十九歲那年，她首次參加口足畫會的聯展，她的兩幅畫竟都高價賣出，使她信心大增。多年後，她才得知背後的祕密，原來當年楊牧師悄悄付錢託人買了其中八千元的一幅玫瑰圖。她問爸爸：「為什麼你要花大錢買我的畫呢？」楊牧師說：「如果能因此鼓勵你，花再多錢都值得。」讓恩典聽了淚流滿面，更用心習畫。

習畫之後，她的世界變大了。一九九六年她遠赴美國去巡迴見證，住在舊金山姊姊的家，當車子在風景如畫的Seventeen Miles路上疾馳時，海岸邊盡是漂亮的別墅，聽說張大千曾住在這裡，她很羨慕，姊姊鼓勵她找家藝術學院深造，她才意識到沒讀高中影響深造之路，於是二十三歲時又回到高中去念書，取得學歷。儘管後來種種機緣，使她沒有繼續升學，但那趟美國行對她影響甚大。

三個月中，她跟姊夫學英語會話，其中最難忘的是姊夫在她臨走之前大喊的那一聲「Oh My God！」

美國夏夜九、十點還有夕陽，她和姊姊每天都偷偷開著姊夫的紅色敞篷跑車到空地練車，她用腳操控方向盤，開得不亦樂乎。有一次遇到警車來巡邏，嚇得她們趕忙換位子，警察看她們練車沒有妨礙任何人，看一看就走了。她們一直緊守著偷開車的祕密，直到離開美國前一天才告訴姊夫，他連呼「Oh My God！」

在美國不只是學了開車，她還飛上了青天，用腳開飛機。

姊夫的朋友帶她和姊姊坐上他駕駛的小飛機，俯瞰舊金山灣區的美景。在空中時，他設定了自動導航系統，放心大膽地讓她用腳控制方向盤，當飛機飄浮在藍天白雲間，俯瞰地面上縮小的房屋、玩具般的汽車在高速公路上跑，讓她懷疑自己在做夢。

她在充滿愛的環境下長大，但談了幾次戀愛，全在對方家長的強烈反對下分手。直到和當汽車技工的黑手陳信義相戀，他們以堅定的愛，面對懷疑與責難，終於得到家人的祝福踏上紅毯。他們用幽默與包容的態度去面對彼此，像恩典不吃蔬菜，偏愛吃肉，信義會開玩笑：「難怪你爸爸媽媽要把你丟在肉攤上。」

現在他們有了一個可愛的女兒貞德，恩典一直以愛與分享來作為身教。在貞德襁褓時，恩典無意中得知有位罹患罕見疾病的病童非常需要母乳來增強抵抗力，她立刻就以集乳袋把母乳冰凍起來，用宅急便送到遠方的病童家中。還號召了一群愛心媽媽捐母乳給各地需要母乳的幼兒。

她終身為病痛所苦，但總是笑臉迎人，婚後不但常返育幼院探望年逾百歲的楊牧師夫婦；出外應邀演講時，也不忘義賣書、畫，回饋育幼院。天生無臂對她來說不是障礙，她總是說：「不要擔心自己的力量太小，只要盡心盡力就會發揮作用。」

賞析

三十多年前，天生無臂的楊恩典被遺棄在岡山菜市的肉攤上，幸而被六龜育幼院創辦人楊煦牧師夫婦收養。楊牧師疼惜她，說她擁有上帝的恩寵，天生無手，免其勞役，取名「恩典」。

楊恩典，現在已是口足畫家，戀愛結婚，擁有幸福的家庭和孩子。她以自己的人生，見證生命的愛。「她有雙靈巧的腳，不但寫字作畫、化妝、炒菜、包水餃、抱小孩、洗衣、包尿布、打手機，還會開汽車、開飛機。」

作家、資深媒體人胡幼鳳為楊恩典寫了兩本書，她深有感觸的說：「在這一個半月成了楊恩典的手，在沒有遇到她之前，我從來不知道我的手是如此笨拙，而我也不願意承認自己，在很多方面遠不如一個沒有手的人。」

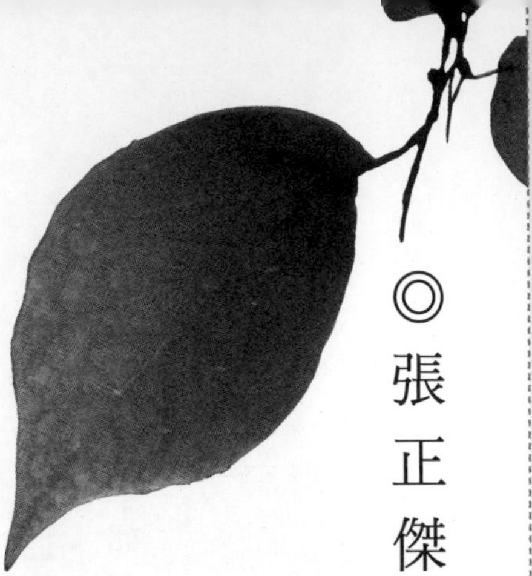

跳舞的音符

◎張正傑

對一個學音樂的人而言，在台上演出是最重要的時刻，然而常常是練了幾個月、甚至於幾年的一首曲子，到了舞台上卻因為壓力過大而演出走樣，真是令人非常沮喪，我學生時代為了解決這個問題，還曾求助於各種「解壓偏方」：

偏方一：喝菊花茶。據奧地利版的《本草綱目》中記載，菊花茶具有鎮定的效果，有助於放鬆心情，所以演出當天的中午我就開始「牛飲」菊花茶。

偏方二：維他命C。聽學醫的朋友說，維他命C有助於集中精神，從此以後便被列入「張氏祕方」之一，不過這帖偏方不能太早「服用」，必須在演出前一個小時「服用」，否則功效會減弱。

偏方三：人蔘。這可是大補帖，就中國人傳統的藥膳而言，人蔘是增強體力的最佳聖品。此偏方的「服用」時間更為「嚴謹」，必須在演出前半小時服用，而且是用含的。

偏方四：牛排。根據我個人的經驗，演出當天中午最好吃牛排，尤其愈生的牛排愈好，拉出來的琴音才有「野性」。

上述各種偏方伴隨著我好長一段時間，而且少了一樣，就會渾身不對勁。但是近幾年我不再需要用這些偏方了，因為，我改變了想法——音樂是個這麼美好的事物，為什麼不能用「玩」（Play）的呢？

於是，我開始大「玩」音樂，從生活中引發各式各樣的靈感。譬如，我看電影《刺激1995》，深受男主角在監獄中播放古典音樂那一幕的震撼，我就想，為何不將古典音樂表演帶到監獄裡去呢？於是我安排到澎湖、綠島、基隆、台中、桃園等好幾個監獄表演。起初看到台下許多戴著腳鐐的大哥們，心裡還是不免一陣緊張，但是隨著音樂會的進行，看著大哥們的臉從原先的僵硬逐漸地融化，我知道，音樂進入了他們的心裡。

我很喜歡花蓮的太魯閣，有時我甚至會帶著琴到上山躲幾天，在國家公園優美的風景裡，彷彿再徬徨的心都可以找到依歸。數年後，「太魯閣峽谷音樂節」的構想落實了，大理石就是天然的觀眾坐椅，長春祠就是最好的舞台布景，淙淙的溪水聲就是最好的和聲，我們不但曾把鋼琴千辛萬苦搬到溪畔，有一次，我還得涉溪到另外一邊的河床上演出，現場參與的工作人員及觀眾都難以忘懷。

有一年我突發奇想，想以三百年前的西洋音樂之父巴赫的音樂向至聖先師孔子祝壽。在孔子誕辰當天，數百人潮湧進孔廟，一同在寧靜的氛圍中共享巴赫，音樂會結束我們還替孔子準備了生日蛋糕呢！

近年來我大膽地將東方與西方的藝術結合，看看能否激發出不一樣的火花。我把西洋音樂排行榜的第一名的韋瓦第的《四季》協奏曲，用皮影戲或者布袋戲來演出音樂的內容，雖然排練時要讓傳統藝師了解從未接觸的西洋音樂，實在讓我很頭大，不過結果卻是出奇的好。這又引發我另一個想法，我將不容易欣賞的法國德布西的大提琴奏鳴曲，邀請台灣第一美猴王朱陸豪老師演出用京劇的身段、美猴王的造型隨著音樂的進行演出其中小丑摘月的故事，幫助觀眾了解音樂的內容，也欣賞到許多京劇的傳統身段。

其實，每一場音樂會都是經過反覆多次的排練與修正，但是，我用

「玩」的心情，發揮各種創意，與觀眾分享音樂中的喜怒哀樂與我的感想，所以我不再緊張。就像是球賽一樣，每一次音樂會、每一個活動、每一次的創意，我都「玩」得很認真、「玩」得很仔細，也「玩」得很投入。

賞析

大提琴家張正傑充滿創意，常讓音符舞出超乎想像的美感。這些美感是他歷經緊張、壓力之後，體會輕鬆自在「玩」音樂，「玩」出來的。

張正傑不但在國內外的音樂殿堂演出，也把古典音樂帶到大自然裡、帶進監獄、工廠，結合東方和西方的優點，讓音符產生更多可能，擁抱山水人文，產生奇妙的效果。

張正傑很認真，每一場音樂會都是經過反覆多次的排練與修正。他在音樂的田野中，栽種出無數奇幻的花朵，原來用的是「玩」的心情，發揮創意，「玩」得很認真、「玩」得很仔細，也「玩」得很投入。

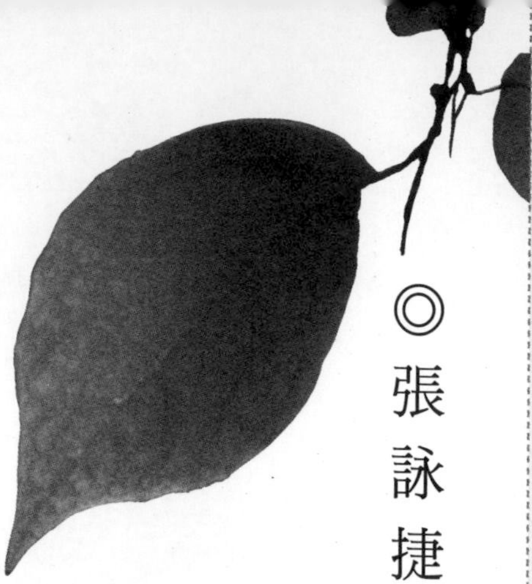

◎張詠捷

部落像媽媽一樣，
永遠等著我回去

冬天的南台灣依然熱意微微，灰蒙蒙的都市天空下，放眼望去盡是層層高樓起伏，在沒有圍牆的校區裡，路邊來來往往的大卡車引擎聲中隱約傳來鋼琴旋律；課後學生們的喧笑聲和奔跑腳步聲，在大樓走廊和教室樓梯間紛鬧交融著。

藝校大樓練習室裡，孫家儀推開厚重的隔音門，走進兩公尺平方的小小練習空間，挪動了譜架，翻開樂譜，深深吸了幾口氣，調勻呼息，雙手依續按著長笛音孔，反覆練習吹奏，一次又一次的攀爬滑落，在音階中摸索音樂的律動。年輕而靈活的指頭像是活跳在五線譜上的音符，在銀光閃閃的長笛上來回飛躍著。厚厚的隔音牆外，鋼琴、小提琴、薩克司風、豎笛、雙簧管各種樂器旋律在走廊間迴盪著，空氣中洋溢著年輕學子們追逐音樂的熱情。

在孫家儀彈奏的莫扎特《D大調大協奏曲》音律中，卑南部落的歌聲也同時在我的腦海迴旋著。部落姆姆（祖母）以情感交織成的古老歌韻，沒有譜、沒有固定節拍，和藝校老師所教的西洋古典旋律以及現代作曲家作品，究竟如何融入眼前這個年輕卑南女孩的生命裡？回想第一次進入台東卑南部落時，孫家儀還是個喜歡黏膩在爸爸媽媽身旁，愛撒嬌又天真的小女孩。九年一晃而過，當初部落裡那個頭戴花環，穿著傳統禮服，和族人手牽手一起歡舞唱歌迎新年的小家儀，轉眼間已經是個十八歲的大女孩了。眼前的孫家儀真的是長大了，稚氣未脫的臉上，成熟而肯定的眼神閃閃發亮，專心一意地追逐著樂譜上的音符節奏。

三年前，孫家儀從卑南國中畢業後，在哥哥的鼓勵下，離開家鄉到都市念藝校。第一次遠離部落、遠離父母的女孩，每天從學校回到鼓山學生租宿間，就躲進被窩裡暗自哭泣。離家後看到的都市人行為是那麼奇怪，而遙遠的部落是那麼令人思念……，「想家、思念部落親人的臉孔，哭了兩個月後，終於熬了過來，現在已經習慣了一個人在都市中的生活。」

印象中的孫家儀是一個沉默不多話的女孩，在台東賓朗部落的家裡，有一台黑色鋼琴靜靜靠著姆姆房門內廳牆壁擺置著。幾年來在部落間進進出出的我，從沒見過孫家儀彈奏鋼琴，也從未聽她提及音樂上的想望。印象中，孫家儀都是以酷酷小女孩的模樣出現，我一直以為音樂只是她閒暇時當作玩樂的樂器。沒想到在學校的閒聊中，我發現在她靜默的外表裡，一個成熟又獨立自主的靈魂正漸漸茁壯。看著孫家儀，回想起自己那段慘澹不明，跌跌撞撞的灰色青春歲月，竟然羨慕起她的的獨立和早熟。

「小時候很怕聽到老人家唱歌的聲音，那時不懂，總以為旋律很不協調，念書以後才慢慢清楚原住民傳統音樂是很古老、很古老的，就像埃及音樂那種遙遠而古老的感覺。」孫家儀非常清處自己的音樂天分是來自部落族群的孕育，她深深感受到，原住民天生的音樂性就像黑人靈魂對爵士樂一樣敏銳。八歲那年，在部落聽到了族人的和聲，一種無名而特別的情感和聲音就在她的內心盈繞著。也許從那時候起，孫家儀就開始真正喜歡上音樂，部落裡的阿姨和老人家的歌聲、姆姆刺繡時哼唱的老歌、族親老朋友聚會時所吟唱的古調、教堂做禮拜的唱詩、小姑姑指揮媽媽小姐們練唱的和聲，部落的歌聲一直陪伴著她長大。每當孫家儀看到年祭時族群團結一起，勇士們飛躍的舞步和歌聲，讓她開始意識到作為一個卑南族人的驕傲。孫家儀談到部落時，音量變大了，眼角也泛著微微水光。

我問孫家儀，卑南族的張惠妹那麼出名，會不會也想有一天像名歌手一樣走向都市。「離家在外時，每次回去，聽到部落裡某個人、某個親戚的去世，就會有一種涼涼的，難過的感覺，我出去時你們都好好的還在，可是回來時你們就不見了……」孫家儀以肯定的語氣回答我，將來學有所成後，只想回到自己的部落，「部落就像媽媽一樣好親好親，每次回去，那些長輩、那些同學、那些媽媽小姐們都會用卑南母語來歡迎我，讓我感覺到溫暖，讓我感覺部落像媽媽一樣，永遠等著我回去……」孫家儀一心一意只想回到部落，學習姆姆、媽媽和姨婆們從小給她的愛和教導，將她在藝校所學帶回部落，讓孩子們也和她一樣，能在濃烈的親情和古老的卑南和聲中長大。

賞析

這篇文章記述一位十八歲卑南族女孩孫家儀成長中的心情。三年前，孫家儀從卑南國中畢業後，在哥哥的鼓勵下，離開家鄉到都市念藝校。第一次遠離部落、遠離父母的女孩，每天從學校回到鼓山學生租宿間，就躲進被窩裡暗自哭泣。

不過，孫家儀很清楚，她說：「部落……，讓我感覺到溫暖，讓我感覺部落像媽媽一樣，永遠等著我回去……。」目標確定之後，她更能走過學習的歷程，期待學成返鄉。

如同筆下的孫家儀。張詠捷也是返鄉的人，她曾在台北工作，在雜誌社擔任攝影。後來，她選擇回到出生地——澎湖，以攝影，以文字記錄自己成長的地方。每次看到詠捷，都看見她有如陽光海洋的熱情。

國家圖書館出版品預行編目資料

夢想起飛：勵志散文集／歐銀釧主編. --初版. --台北市：幼獅, 2009.04
面；　公分. --（智慧文庫）

ISBN 978-957-574-726-8（平裝）

859.7　　98002998

·智慧文庫·

夢想起飛：勵志散文集

主　編=歐銀釧
編　輯=林泊瑜
美　編=裴蕙琴
出 版 者=幼獅文化事業股份有限公司
發 行 人=李鍾桂
總 經 理=廖翰聲
總 編 輯=劉淑華
總 公 司=10045 台北市重慶南路 1 段 66-1 號 3 樓
電　話=(02)2311-2832
傳　真=(02)2311-5368
郵政劃撥=00033368

門市

●松江展示中心：10422 台北市松江路 219 號
電話：(02)2502-5858 轉 734　傳真：(02)2503-6601
●苗栗育達店：36143 苗栗縣造橋鄉談文村學府路 168 號（育達商業技術學院內）
電話：(037)652-191　傳真：(037)652-251

印　刷=崇寶彩藝印刷股份有限公司
定　價=180 元
港　幣=60 元
初　版=2009.04
四　刷=2011.05
書　號=986225

幼獅樂讀網
http://www.youth.com.tw
e-mail：customer@youth.com.tw

行政院新聞局核准登記證局版台業字第 0143 號

幼獅文化公司／讀者服務卡／

感謝您購買幼獅公司出版的好書！
為提升服務品質與出版更優質的圖書，敬請撥冗填寫後（免貼郵票）擲寄本公司，或傳真（傳真電話02-23115368），我們將參考您的意見、分享您的觀點，出版更多的好書。並不定期提供您相關書訊、活動、特惠專案等。謝謝！

基本資料

姓名：__________先生／小姐

婚姻狀況：□已婚 □未婚　職業：□學生 □公教 □上班族 □家管 □其他

出生：民國______年______月______日

電話：（公）______（宅）______（手機）______

e-mail：______

聯絡地址：______

1.您所購買的書名：**夢想起飛**：勵志散文集

2.您通常以何種方式購書?：□1.書店買書 □2.網路購書 □3.傳真訂購 □4.郵局劃撥
（可複選） □5.幼獅門市 □6.團體訂購 □7.其他

3.您是否曾買過幼獅其他出版品：□是，□1.圖書 □2.幼獅文藝 □3.幼獅少年
□否

4.您從何處得知本書訊息：□1.師長介紹 □2.朋友介紹 □3.幼獅少年雜誌
（可複選） □4.幼獅文藝雜誌 □5.報章雜誌書評介紹______報
□6.DM傳單、海報 □7.書店 □8.廣播(　　　)
□9.電子報、edm □10.其他______

5.您喜歡本書的原因：□1.作者 □2.書名 □3.內容 □4.封面設計 □5.其他

6.您不喜歡本書的原因：□1.作者 □2.書名 □3.內容 □4.封面設計 □5.其他

7.您希望得知的出版訊息：□1.青少年讀物 □2.兒童讀物 □3.親子叢書
□4.教師充電系列 □5.其他

8.您覺得本書的價格：□1.偏高 □2.合理 □3.偏低

9.讀完本書後您覺得：□1.很有收穫 □2.有收穫 □3.收穫不多 □4.沒收穫

10.敬請推薦親友，共同加入我們的閱讀計畫，我們將適時寄送相關書訊，以豐富書香與心靈的空間：

(1)姓名______e-mail______電話______

(2)姓名______e-mail______電話______

(3)姓名______e-mail______電話______

11.您對本書或本公司的建議：

廣　告　回　信	
台北郵局登記證	
台北廣字第942號	

請直接投郵　免貼郵票

10045　台北市重慶南路一段66-1號3樓

幼獅文化事業股份有限公司

請沿虛線對折寄回

客服專線：02-23112836分機208　傳真：02-23115368

e-mail：customer@youth.com.tw

幼獅樂讀網http：//www.youth.com.tw